鬼畜とワンコ

a savage man & a dog

「あっちゃんの中、ヤバイ……熱くて蕩けそうだ」

掠れた声で囁いて、寛人のそれがグンと育つ。ただでさえ長尺なのに、どれだけ奥まで届いてしまうのか……考えただけでまた碧の中がキュンと締まる。

「エロい顔して……。気持ちよさそうだな、碧」

「ん、っ……あ、やあぁっ！」

鬼畜とワンコ

海原透子

17754

角川ルビー文庫

目次

口絵・イラスト／宝井さき

一

「くすぐったいよ、峻《しゅん》。こら、寛人《ひろと》も……ふざけるなって」

酔《よ》いに火照《ほて》った肌《はだ》を、四本の手が落ち着きなく這《は》う。

片平碧《かたひらあおい》は、クスクス笑いながら身を捩《よじ》った。

独身寮《どくしんりょう》の碧の部屋に置かれたシングルベッドが、大きく軋《きし》む。細身だけど決して小柄《こがら》ではない碧に加え、もっと長身の二人が乗り上がっているのだから当然だろう。

「ちょ……お前ら！　マジでベッド、壊《こわ》れるだろ」

「ご、ごめん、あっちゃん」

慌《あわ》てて碧の足元へ飛び退《の》いたのは、三歳年下の幼なじみ、瀧《たき》寛人だ。

一八三センチの長軀《ちょうく》に甘いマスク、真っ直《す》ぐな瞳《ひとみ》。男らしい角度の眉《まゆ》が今だけはシュンと下がっていて、まるで飼い主に叱《しか》られた番犬のように見える。碧は、寛人のその顔にすこぶる弱い――小さい頃《ころ》のまま『あっちゃん』と呼ばれるのも、こそばゆい気分だ。

……ったく。寛人は昔から、俺にだけ甘えん坊《ぼう》なんだから。新入社員の中では成績トップのくせに……身長だってとっくに俺を抜《ぬ》いているくせに。こんな顔されるとつい、構ってやりたくなるんだよな……。

碧は苦笑《くしょう》して、ベッドから起き上がろうとした。

「このくらいでションボリすんな。今日はお前らの入社祝いだろ、もっと飲もうぜ」

「酒なんか、いつでも飲めるだろ。それより」

それまで黙《だま》っていた、もう一人の幼なじみ――水野《みずの》峻が、碧の肩《かた》をシーツに押しつけながら笑った。

「他《ほか》のやり方で祝ってくれよ……碧」

クールな美貌《びぼう》に、キラリと光る片耳だけのピアス。一八二センチの長身を屈《かが》め、涼《すず》しげな目を眇《すが》めて、碧を見下ろしている。三歳年下なのに昔から堂々と『碧』と呼び捨てにし、それがまた様になっているのだから、憎《にく》たらしい。

寛人が成績トップなら、峻も負けていない。面接をした人事部長が、『数年に一人の逸材《いつざい》。銀行を背負《しょ》って立つ、リーダーの資質がある』と太鼓判《たいこばん》を押したそうだ。銀行員としては異色のピアスも、就業中は外すということで全く問題視されなかった。

……だけど、付き合いの長い俺にはわかっている。峻は頭が切れるだけに、自分を過信していて無茶《むちゃ》ばかりで、危なっかしい。社会人になっても、俺が目を離《はな》しちゃダメだ。

改めて決意した碧は、明るく笑って返した。

「何だよ、峻。他のやり方って」

「例えば……」

峻の両手がスルリと滑《すべ》り、碧の胸の上で止まった。Tシャツ越《ご》し、そこだけ感触《かんしょく》が違《ちが》うのを確かめるように指先が動き、くすぐったさのあまり碧は「ひゃっ」と首を竦《すく》めた。

「ちょ、どこ触《さわ》って……」

「さっき言っただろ、碧。わからせてやる、って」

いつも冷静な峻が、うわずった声で囁《ささや》く。その目は、もう笑っていない。

指先の動きも……止まらない。

「く、くすぐった……あっ……」

「ごめんよ、あっちゃん……でも隙《すき》だらけだよ。俺、こんなの我慢《がまん》できない」

寛人も珍《めずら》しく掠《かす》れた声で言いながら、デニムの脚《あし》の付け根あたりを触り始める。

「や……やめろって……こら、俺で遊ぶなーっ！」

子供の頃に戻《もど》った気分で叫《さけ》ぶと、碧はコロリと寝返《ねがえ》りをうって、二人の手から逃《のが》れた。

前髪《まえがみ》の間から寛人と峻の顔を見上げると、酔いに染まった頬《ほお》がフンワリと緩《ゆる》む。

……俺も、銀行員になって丸三年か。ハードな毎日だったから、こんな穏《おだ》やかな気持ちになるのは久しぶりだ。やっぱりこの二人の前では素直《すなお》になれるっていうか。それに……。

碧は細い顎《あご》を引いて、グッと気を引き締《し》めた。

……こんなに優秀《ゆうしゅう》で、男の俺から見てもめちゃくちゃいい男で。それが二人とも俺と一緒《いっしょ》に働きたいって、同じ銀行、同じ寮に入ってきたんだぜ？　俺が立派な銀行員にしてやらなくちゃ！

頼《たの》まれたわけじゃない――でも放《ほう》っておけない。

碧の、自他共に認める面倒見《めんどうみ》のいい性格。これは、小さい頃からいつも二人を引き連れて遊んでいたからだ。一人っ子だから兄のように慕《した》われて嬉《うれ》しかったし、三歳年下の二人は（昔は）小柄でひょろっとして可愛《かわい》くて、本当の弟のようだった。

碧は両手をパタンとベッドに投げ出すと、大きな目を満足そうに細めた。

「いつの間にか俺よりずっとデカくなって……格好よくなってさ。お前ら、支店に行ったらモテモテだぜ、チクショー」

「あっちゃんの方がモテるでしょ。爽《さわ》やかだし、癒《い》やし系って感じだし」

碧の開いた脚の間から身を乗り出し、寛人が生真面目《きまじめ》にフォローする。碧はため息をついて答えた。

「それがさぁ……大人の男っていうのは、難しいんだよ。峻みたいにちょっとクールで陰《かげ》のあるヤツとか、寛人みたいに年上キラーっぽいヤツとかがモテるの。俺みたいに見たまんまなのは、どうもダメなんだなぁ」

「年上キラー？　本当にそう思う？」

寛人が、なぜか嬉しそうに呟《つぶや》く。そして碧の横に腰掛《こしか》けた峻が、皮肉っぽく笑う。

「見た目は結構イケメンだけど、中身が可愛いんだよな、碧は」

「クソッ……お前ら、一人前の銀行員になるまでは恋愛《れんあい》禁止な？　俺より先に彼女作ったら、許さん！」

「女なんかいらない。俺には、碧がいるから」

寛人の視線を遮《さえぎ》るようにして、峻が上半身に覆《おお》い被《かぶ》さってくる。シャープな頬を歪《ゆが》めた、年下とは思えないその艶《つや》っぽい表情に、一瞬《いっしゅん》だけ見惚《みと》れる。

「……んな、勿体《もったい》ないこと言うなよ。この寮、合コン多いんだぜ？　今度、二人とも連れて行ってや……」

と、碧の唇《くちびる》は、そこで動かなくなった。

「んっ……!?」

碧の唇を、その唇で塞《ふさ》いでいるのは——峻だ。

な、に……これ？　苦し……峻……？

しばらくして離れた峻の顔を、碧はポカンと見つめた。

「しゅ、ん……？」

「何？」

峻が、碧をからかうように眉を上げる。

訳がわからない……どういうことだろう。もしかして、自分の方が間違《まちが》っているのだろうか。

碧は動揺《どうよう》をそのまま口にするのが恥《は》ずかしい気がして、無理に笑おうとした。

「……び……びっくりしたー。お前、何やって……」

「峻、どいてよ。今日は独《ひと》り占《じ》めしない約束」

狼狽《うろた》えたままの碧の視界に、峻を押し退けて、寛人が顔を出した。心臓がバクバクしている碧を見下ろし、切なそうに眉根《まゆね》を寄せる。

「あっちゃんは俺だけのものだよ。今日はまだ仕方がないけど……」

「ひ、ろ……？」

そのままゆっくりと、寛人の唇と碧の唇が重なる。キスだ——やっぱり、これはキスだ。

え……寛人まで？　どういうことだ……？

完全に言葉を失った碧に、微笑《ほほえ》んで寛人が言った。

「お願い、あっちゃん……俺にさせて」

寛人が視界から消えるのと同時に、

「違う。碧に俺のだ」

と低い声がして、再び碧の唇は峻に奪《うば》われた。

なっ……何なんだ？　二人して何の冗談《じょうだん》？　いいかげんに……！

「んーっ！　んん！」

やっと抵抗《ていこう》することを思い付き、何とか峻を押し退けようとする。だが峻は、キスを続けたまま碧の両手首を難なくまとめると、碧の頭上に押しつけてしまう。

その間に、カチャカチャとベルトを外す音。寛人の大きな手がボクサーブリーフの中に滑り込み、大胆《だいたん》に握《にぎ》られて初めて、碧はくぐもった悲鳴を上げた。

「やっ……うぁ……！」

すかさず峻の舌が唇を割り、碧の舌に絡《から》みつく。舌と性器を、二人に同時に嬲《なぶ》られる──今まで味わったことのない感覚に延髄《えんずい》がジンと痺《しび》れ、本能の危険信号がチカチカと明滅《めいめつ》して。

「や……やめ……っ！」

逃れようともがくと、峻に唇が切れるかと思うほど噛《か》まれた。

「っ！」

ビクン、と背中に走った甘い疼《うず》きに驚《おどろ》く。やっと唇を離した峻が、

「思った通りだ。碧は酷《ひど》くされると感じるんだろ」

と、楽しそうに笑う。

「な……？」

「あっちゃん、勃《た》ってる」

「あぁっ……」

寛人に優《やさ》しく撫《な》で上げられて、頬がブワッと熱くなった。

「ふ、ふざけるな！　やめろ……」

「ほら、ピンク色で硬《かた》くなって……可愛い」

「寛人……や、何で……っ……」

二十五の健康な男が、そんなところを他人に弄《いじ》られて、反応しない方がおかしい。色や硬さまで指摘《してき》される筋合いはないし、おまけに可愛いなんて……男として絶対に頷《うなず》けない。標準サ

イズを自負している碧には、不本意だ。

「やめろ！　それ以上っ……」

だけど、ムキになって首を振《ふ》っても、自分より大柄《おおがら》な二人に伸《の》し掛《か》かられては身動きがとれない――好きなように弄られるだけ。

「俺のキスに感じてんだろ、碧」

唇を触《ふ》れ合わせたまま、峻が喉《のど》の奥でククッと笑った。

「もっと気持ちいいこと……してやるよ」

「峻……？」

弟と思ってきた男の顔を見つめながら、碧の頭の中はパニック寸前だ。

……どういうこと？　感じるとか、気持ちいいとか……それに俺の身体《からだ》、反応しすぎ……？

「あっちゃん、誰《だれ》かに口でしてもらったことある？」

「っ……お前、何てこと……」

「ないんだね？　じゃあ、俺にさせて。お願い」

縋《すが》るような寛人の目は、一緒にプールに連れて行けとせがんだ幼い日のままで――拒否《きょひ》するなんて可哀想《かわいそう》だと、うっかり頷きそうになってしまって。

……って、待て、俺！　それとこれとは全然違うだろ！

慌《あわ》てて身体を起こそうとしたが、寛人の手が先に包み込むように動き始めて、碧の抵抗は呆《あっ》気《け》なく阻《はば》まれた。

「あ……やぁ……」

無理矢理《むりやり》されているのに、ツボを心得た手の動きは、腰《こし》が蕩《とろ》けそうに気持ちがいい。口でされてしまったら……と考えただけで、先端《せんたん》からトロリと先走りが溢《あふ》れるのがわかる。

うわ、何で俺！　溜《た》まってるってバレバレだ……。

「濡《ぬ》れてきた。気持ちいいんだ？」

嬉しそうな寛人の声。もう泣きたい。

「口でしてもらえよ、碧。忙《いそが》しくて、ずっと彼女いないんだろ？」

「だからってっ……こんな……こと……」

「寛人、ゆっくりイかせろ。俺はこっちを味わうから」

「……峻にだけは指図されたくない」

「だろうな。俺も同感だ」

峻の指が、乳首《ちくび》をきつく抓《つね》る。

「いっ……！」

零《こぼ》れた悲鳴は、また荒々《あらあら》しい口づけに飲み込まれてしまう。

痛みだけならまだよかったのに、むず痒《がゆ》いような刺激《しげき》が先端からジワジワと広がり始め——

碧は混乱の極《きわ》みで目を瞑《つぶ》った。

嘘《うそ》だろ……二人とも、どうしちゃったんだ……？

快楽の淵《ふち》へと引きずり込まれながら、碧はついさっきまで参加していた歓迎会《かんげいかい》のことを思い出していた……。

「へぇー、三人とも、幼なじみなんだ？」

向かいに座った同期の男に水を向けられ、碧は満面の笑《え》みで答えた。

「そーなんだよ！　家が近所で、物心ついた時からいつも一緒《いっしょ》に遊んでてさ。大学は三人別々だったけど、たまたま同じ銀行に入って、こうして同じ寮《りょう》になった、ってわけ」

東京セントラル銀行、蒲田《かまた》独身寮《どくしんりょう》の新人歓迎会。

新人は、峻と寛人を含《ふく》めて十人――中でも峻と寛人は、エリート候補として早くも注目されている。歓迎会での振る舞《ま》いも節度があって好ましく、碧は鼻が高かった。

「偶然《ぐうぜん》じゃないですけどね」

碧の左に座った峻が、サラリと言ってのける。

峻は、有名私大の商学部在学中に、公認《こうにん》会計士試験に数科目パスしたという切れ者だ。

スレンダーな体形に少し目尻《めじり》の上がった鋭《するど》い眼《め》、片耳ピアスのよく似合う都会的な顔立ち。雑誌から飛び出したような美形な上に、中身まで超優秀《ちょうゆうしゅう》だから、初対面の女の子からは必ずキャアキャア騒《さわ》がれ、男からは『鼻持ちならない嫌味《いやみ》なヤツ』という第一印象を持たれるらしい。

峻をよく知れば、人に厳しく、自分にはもっと厳しい――冷静沈着《ちんちゃく》なリーダーとして、これほど頼《たの》もしい男もいないのだけれど。

「俺ら、絶対に碧と同じ銀行に入りたかったんです。就活、ここ一本に絞《しぼ》って」

するると、碧の右隣《みぎどなり》でずっとニコニコしていた寛人が、身を乗り出した。

「この寮も、自分から希望して……人事部にも何回も掛け合いましたから」

「ったく。寛人の甘えん坊《ぼう》は変わんないなぁ」

「俺は、あっちゃん限定だからいいの」

穏《おだ》やかに微笑む寛人は、峻とは正反対のタイプだ。

大きな身体に育ちの良さそうな優しい顔、というギャップが印象的な好青年。最難関国立大学の経済学部卒だが、学歴を鼻にかけたところは全くない。包容力があり、隠《かく》れた努力家だから、周囲がいつの間にか彼のファンになってしまう……という不思議な魅力《みりょく》の持ち主だ。

高校ではサッカー部主将、大学ではゼミ代表を務め、ついたあだ名はどちらでも『パパ』だったらしい。的を射ていると、碧は深く納得《なっとく》したものだ。

「しっかし、片平、めちゃくちゃ好かれてんなぁ。人柄《ひとがら》、ってやつか」

「まあね」

同期の羨望《せんぼう》の声が、素直《すなお》に嬉《うれ》しい。

「でも、『碧』とか『あっちゃん』はもうマズイよな。『片平さん』、って呼ぶか」

峻が寛人に相談しているから、碧は上機嫌《じょうきげん》で笑った。

「弟みたいなお前らに、『さん』づけで呼ばれてもなぁ。今まで通りでいいぞ?」

グイッ、とビールを飲み干す。すかさずグラスに注《つ》いでくれた寛人を、

「サンキュ。気が利《き》くな」

と褒《ほ》めると、寛人は照れたように笑った。

「で？　寛人の家はみんな元気？」

「うん。あっちゃんがいるから、親も安心してるし」

「うわ、責任重大だな。峻のところは？」

「相変わらず」

そっけない言葉の裏には、峻の家の複雑な事情がある。子供の成績にしか興味を示さない、厳しすぎる両親の下《もと》を、峻はずっと離れたがっていた。

「……そっか。って、お前、揚《あ》げ物ばっか食べてると身体によくないぞ？　野菜食え、野菜」

取り皿にサラダを山盛りにしてやると、峻が顔を顰《しか》める。

「……碧、社会人になっても、やっぱり俺たちに過保護だな」

「お前らには特別なの」

「喜んでいい『特別』なの？　それ」

「おお、喜べ。それに人間、健康第一だからな」

何気なく言ったつもりだったけれど、峻と寛人が一瞬《いっしゅん》、黙《だま》る。十年前、碧の父親が長い闘《とう》病《びょう》生活の末に亡《な》くなったことを思い出したのだろう。

「……っと、寛人も野菜食べてるか？　寮の食事はバランスがいいから、朝晩ちゃんと食べろよ」

努めて明るい声を出した碧に、寛人が話題を変えた。

「あっちゃん……覚えてる？　あっちゃんが大学行く時、俺たちがした約束」

「約束？　ああ、『いつか俺たちがあっちゃんを幸せにする』だろ？　もちろん覚えてるよ」

碧は、二人の顔を交互《こうご》に、懐《なつ》かしい気持ちで見つめた。

「俺と離れたくないって、峻はふて腐《くさ》れるし、寛人はピーピー泣くし……でも最後には離れていく俺の幸せを願ってくれて。あの時は本当に嬉しかったよ」

「あれは……」

「いや、言わなくても、わかってる。峻と寛人が同じ道を選んでくれて……俺は今、最高に幸せなんだから」

グラスを手にしみじみしていると、左側から小さく笑う声が聞こえた。

「碧……やっぱり何もわかってなかったんだな」

「え？」

この場にそぐわない、峻の冷ややかな笑みに戸惑《とまど》う。

「そろそろわからせないと。なあ、寛人」

「うん、協定は終わりにしよう。今日から俺たちは正真正銘《しょうしんしょうめい》のライバルだ」

二人の会話の意味がわからず、碧はキョトンとした顔を左右に振った。

「協定？　ライバル？　何のことだ？」

「後でちゃんと言うよ。ほら、もうお開きみたい」

寛人が言った通り、寮長《りょうちょう》のシメの挨拶《あいさつ》が始まっている。それが終わると、碧は二人の肩《かた》を叩《たた》いて立ち上がった。

「さ、今夜は再会記念に飲み明かそう。俺の部屋に来いよ」

「……いいの？」

「遠慮《えんりょ》すんな。お前らの部屋、まだ段ボール箱だらけだろ？」

「うん。ありがと」

寛人が、いそいそと立ち上がる。峻はすぐには動かず、座ったまま碧を上目遣《うわめづか》いに見た。

「二人一緒に？　碧、ちょっと無防備すぎないか？」

「何がだよ」

深く考えることなく笑った碧は、峻と寛人を連れて、意気揚々《いきようよう》と自室に戻《もど》ったのだった。


クチュクチュと濡れた音。悩《なや》ましげな吐息《といき》。

時折混じる、甘く掠《かす》れた喘《あえ》ぎ声。

そのどれもが自分から発しているなんて、まだ信じられない。

嘘だろ……。ヤバイ、女の子とするよりずっと気持ちいい……。

碧は童貞《どうてい》ではないけれど、経験が多い方ではない。正直に言うと、大学時代に一人だけだ。もてないわけじゃない――と、自分では思う。思いたい。

背は一七五センチあるし、身体《からだ》は細いがスポーツも得意な方だ。仕事柄《しごとがら》、誰《だれ》からも好感を持たれるよう身だしなみにも気を遣《つか》っている。身体には人一倍気をつけ、いつも元気いっぱいだからか、支店の飲み会では『営業課の爽《さわ》やか担当』と呼ばれたりもする。

銀行内や得意先の会社の女性もみんな、碧に親切だ。今年のバレンタインに貰《もら》ったチョコレートは、二十個は下らない。全部義理チョコだったけれど……貰えるだけ有難《ありがた》い。

だけど頼みの綱《つな》の合コンでは、碧は連敗続きだった。

最初は盛り上がるのだが、つい世話好きな性格が出てしまって、せっせと皿を片付けたり、みんなのドリンクをこまめに注文したり、酔《よ》っ払《ぱら》いを介抱《かいほう》したり。その間に、いいと思った女の子のメールアドレスはちゃっかり他《ほか》の男がゲットしてしまう。なぜか碧に回ってくるのは、次回の合コンの幹事という損な役回りばかり。

大学時代は奨学金《しょうがくきん》をもらい、バイトに忙《いそが》しい毎日だった。一年生の時にできた彼女には、ゼミに入った三年生の時、多忙《たぼう》すぎて会えなくなり、振られてしまった。だから社会人になった時、仕事も恋《こい》も手に入れたいと、希望に満ちたスタートを切ったはずなのだけれど。

……どうして俺……彼女ができないのかな。いろいろ頑張《がんば》ってるんだけどな……。

「っう！」

混濁《こんだく》していた意識が、鋭い快感に切り裂《さ》かれた。

「碧、今、乳首《ちくび》でイきそうだっただろ」

「はぁっ……は……」

「舐《な》めるのと噛《か》むのと吸うの……どれが一番気持ちいい？」

「なぁ……冗談《じょうだん》、だろっ……」

必死に絞り出した声に、峻は薄《うす》く笑っているだけだ。

「こういう……悪ふざけ、流行《はや》って……んの……か？」

「相変わらず天然だなあ、あっちゃん」

寛人が、濡《ぬ》れそぼった先端《せんたん》に口をつけたまま、クスッと笑った。

「流行ってるわけないでしょ。好きだからしてるだけ」

「んぁ……そこで喋《しゃべ》ん……なっ……」

「俺たちずっと、どっちが碧とつきあえるか競争してたんだぜ？　碧は全然気付いてなかったけど」

峻が、わざと乳首を唇《くちびる》で挟《はさ》んだまま言う。どこか自嘲《じちょう》気味な口調はいつもの峻なのに――熱く凝《しこ》った粒《つぶ》を容赦《ようしゃ》なく責め立てる横顔は、まるで知らない男のようだ。

どういうこと……？　好きとか競争とか、まるで……。

考えようとするけれど、二か所を同時に舐められると身体中を甘い電流がビリビリと走り回り、頭の中が熱くなって……どうでもよくなってしまう。

「はぅ……やめ……」

「碧が大学に行く時、寛人と二人で協定を結んだんだ。頑張る碧に負担をかけたくないから、抜《ぬ》け駆《が》けはしない。いつか同じ条件になった時に、正々堂々と告白しよう、って」

「いつ……か……って……」

「今。だから俺、もう遠慮しないよ」

視界の端《はし》に、寛人の顔が滲《にじ》んでいる。

「あっちゃんが好きだ。ずっとあっちゃんの傍《そば》にいさせて」

「あ……あぁ……」

「イっていいよ」

再び熱い口内に吸い込まれながら、力なく首を振《ふ》る。皮膚《ひふ》の薄い、敏感《びんかん》なところを唇で扱《しご》き出すようにされて、腰《こし》がグチュグチュに蕩《とろ》けそうになる。悲鳴を上げて仰《の》け反ると、峻に押さえつけられ、舌と指で左右の乳首を同時に弾《はじ》かれて。

「ひっ……あ！」

……嫌《いや》だ……こんなのおかしい。でも、もう、我慢《がまん》……できない……。

目を瞑《つむ》り、小刻みに震《ふる》える碧に、峻が囁《ささや》いた。

「碧……すげぇエロ顔。イきたくて仕方がないんだろ？」

「く……」

「こんなに感じてるのに、必死で我慢して。そういうところが、そそるんだって」

「やぁ……見る……なっ……」

「イけよ。碧の一番いやらしい顔……見ててやるから」

「嫌ぁ……あ……ぁ……あぁぁっ！」

限度を超《こ》えた恥《は》ずかしさに、とうとう碧の理性が弾け飛んだ。

泣きたくなるような気持ちよさと、消えてしまいたいほどの背徳感に襲《おそ》われながら、寛人の口の中で達する。腰を突《つ》き上げるたびに強く吸われて、精気まで吸い取られた感じがして、頭がクラクラして……正気が保てない。

「はぁっ……は……ぁ……」

「あっちゃん、溜《た》まってた？」

顔を上げた寛人が、いつものようにニッコリと微笑《ほほえ》んだ。

「ひろ……？　の、飲ん……？」

「うん」

……最悪……！

弛緩《しかん》した身体が、地面までめり込んでいくようだ。同性の、しかも可愛《かわい》がっていた幼なじみの口の中に射精してしまうなんて……悪夢なら早く覚めて欲しい。

だが二人は乱れた碧の服を直しながら、嬉《うれ》しそうに話している。

「男だらけの独身寮《どくしんりょう》なのに、碧、全然無防備だし、感じやすいし。よく今まで悪い虫がつかなかったな」

峻が笑うと、寛人も頷《うなず》いて、嬉しそうに碧の顔を覗《のぞ》き込む。

「あっちゃんさ、自分じゃ気付いてないと思うけど、周りから見たらかなり可愛いよ。格好よくて熱血なのに、情が深くて、流されやすくて……年下から見ても可愛すぎるんだよね」

俺が……？　可愛い？　男に、しかも幼なじみにその言葉を向けられるなんて、まるで……。

「おい……嘘《うそ》……だろ？」

碧は、カラカラの喉《のど》から声を絞《しぼ》り出した。

「何かの間違《まちが》いだろ？　……今度、合コン……」

「だから女はいらない、って。俺は碧以外、誰も欲しくない」

峻がキッパリと言葉を放つと、

「俺だって、あっちゃん一筋だよ。初恋《はつこい》なんだから……誰にも負けない」

寛人までが、信じられないことを言う。

「は……初恋？　何だよ、それ……！」

目を見開いた碧の前で、二人はしばらく睨《にら》み合い——それから急に碧の方へ向き直った。

吐精《とせい》の余韻《よいん》を残した碧の身体が、反射的に震える。それを愛《め》でるように目を細め、峻が口を開く。

「俺の初恋も、碧だ。碧を俺の腕《うで》の中でめちゃくちゃに泣かせたいと……ずっと思ってた」

呆然《ぼうぜん》と聞いていると、寛人が碧の顔を心配そうに覗き込む。

「急にこんなことして、ごめん。でも俺、あっちゃんの笑顔《えがお》が大好きで……いつまでも傍で見ていたくて」

マシュマロのように甘く優《やさ》しい、寛人の声に少しホッとする。

「本当は、まず気持ちを伝えたかった。だけど……もうのんびりしている時間はないんだ」

肩《かた》を落とした寛人に、戻ってきた日常を感じると同時に、急激な眠気《ねむけ》が碧を襲った。瞼《まぶた》が重くて重くて、開けていられない。手足がシーツに溶《と》け込んでいく錯覚《さっかく》……。

「あっちゃん？」

「碧、どうした？」

聞き慣れた心地《ここち》よい声が重なって、全部、どうでもよくなっていく。

……好き、って……俺だって二人のことは大好きだよ。でもそれは幼なじみとしてで……こんなの考えたこともなかった。そうだ、二人はまだ若いから、俺と同じ感情を恋愛《れんあい》と勘違《かんちが》いしているだけなんだ。就職して、浮《う》かれて、酒も入って……俺に甘えて。ちょっとハメを外しただけ……なん……だ……。

「眠《ねむ》っていいよ」

「おやすみ、碧……」

いつだったか……。昔、こんな風に二人に見守られながら眠りについたことがある。すぐには思い出せないけれど。

……俺も、ちょっと舞《ま》い上がりすぎたかも。今度からちょっと気をつけよう。それから二人を合コン……連れて行ってやろう……。

ゆっくりと眠りに落ちていきながら、碧は両頬《りょうほお》にそっと、柔《やわ》らかなキスを感じた。

二

月曜の朝は、独身寮で一番慌《あわ》ただしい時間だ。誰《だれ》もがビジネスバッグを片手に、全速力で寮《りょう》の玄関《げんかん》を飛び出していく。

そんな中、碧は食堂で朝食を食べながら、まだぼんやりとテレビを見ていた。

……あれは……夢だったんだろうか？

目覚めると、峻と寛人はもういなかった。新人たちは早朝に集合して、一週間の合宿研修へ向かったらしい。

そして碧はちゃんと服を着て、いつものようにベッドで寝《ね》ていた——まるで何事もなかったように。碧は淫《みだ》らすぎる記憶《きおく》を抱《かか》えて、一人、混乱した。

……クソッ。夢ならよかったけど、このスッキリ感は、困ったことに夢じゃない。もっと困ったことに……あんなに気持ちよかったのは初めてだ。俺、凄《すご》い声出してイっちゃったし……峻に乳首《ちくび》舐《な》められながら、寛人の口にだぞ……ヤバイ、絶対ヤバイ……。

その瞬間《しゅんかん》のヴィジュアルが頭をよぎった途端《とたん》、飲んでいた牛乳で盛大にむせる。

「片平さん、大丈夫《だいじょうぶ》？」

「ゲホ、ゴホッ……だ……大丈夫ですっ」

寮母《りょうぼ》さんの声に答えながら紙ナプキンで口を押さえるが、牛乳が鼻に入ってツーンとし、涙《なみだ》目《め》になってしまった。

う……アイツら、許さん！　男同士で気持ちいいところがわかるからって、俺の身体《からだ》を舐めたりしゃぶったり、弄《もてあそ》びやがって！　幼なじみだからって好き放題やりやがって！　でも……。

沸《わ》き上がりかけた怒《いか》りが、碧の中でシュルシュルと窄《すぼ》んでいく。

でも……普通《ふつう》、できないよな、男の身体をそんな風に。女の子みたいに綺麗《きれい》な男が相手だったら、もしかしてもしかするかもだけど……俺だぞ？　どこからどう見ても男だぞ？　好きとか初恋とかは勘違いだとしても、そこまで思い詰《つ》めるって……うーん……。

とにかく、あれは現実だと認めざるを得ない。だけど、だからって素直《すなお》に「そうですか」というわけにはいかない。

碧本人にその気がないのはもちろん、二人の気持ちは一時的なものに決まっているからだ。いずれ可愛い女の子を目の前にしたら間違いに気付くと、自信を持って言える。

……さあ、碧。アイツらの言う『初恋』が一〇〇％勘違いだとしても、優秀《ゆうしゅう》なあの二人をどうやって説得する？　どう接すればいいんだ……？

二人を立派な銀行員にしようと張り切っていたのに、こんな予想外の障害が立ちはだかるなんて。

悶々《もんもん》としながら、ふと時計が目に入り、碧は慌てて残りのトーストを飲み込んだ。

勤務先の支店までは徒歩五分だが、このままでは遅刻《ちこく》する。それに今日からの一週間、毎日午後は新人研修の講師をやることになっている。あの二人に講師として会うのだから、今まで以上に先輩《せんぱい》らしく、ビシッとしなくては。

雑念を振《ふ》り切るように立ち上がると、腰《こし》がフワフワと軽すぎて思わずふらつく。心の中で半泣きになりながら、碧は部屋に戻《もど》って身支度《みじたく》を整え、出勤した。

東京セントラル銀行の蒲田支店は、全国でもトップクラスの来客数を誇《ほこ》る繁忙《はんぼう》店だ。九時にシャッターが開くと、待ち構えていた顧客《こきゃく》たちでロビーはあっという間にいっぱいになった。

「おはよう、片平くん」

「社長！」

カウンター越《ご》しに声をかけられ、書類を書いていた碧は勢いよく立ち上がった。

蒲田モーターという、小さな町工場の社長だ。近々、東京セントラル銀行の融資《ゆうし》を受け、新しい機械を導入することになっている。

「おはようございます！」

「いつも元気だねぇ。いや、用事はなかったんだが、そこの病院に薬を貰《もら》いにきたついでに」

「血圧ですか？　お大事になさって下さいね」

「大丈夫、大丈夫。最近は落ち着いているから」

恰幅《かっぷく》のいい社長は、ニコニコ笑いながら他《ほか》の行員の挨拶《あいさつ》にも応《こた》えている。碧も微笑みながら、頭の中でスケジュールを確認《かくにん》した。

「明日の集金、いつもの時間でよろしいですか？　そろそろご融資の件も相談させて下さい」

「ああ、お願いしますよ。イケメンが来てくれると、うちの女の子が喜ぶんでねぇ」

「そ、そんなことないですよっ……」

照れながらも嬉《うれ》しさの隠《かく》せない碧に、社長が楽しそうに肩を揺《ゆ》らし、「じゃ、また」と去って行く。

……イケメン、かぁ。お世辞だとしても嬉しい。今日はいいことありそうだ……。

「どうした、イケメン片平」

「あ」

課長にからかわれて、碧は振り向き、サッと頬を染めた。

「あ、あの、別に本気にしてるわけじゃ……」

「片平って、確かにイケメンなのに弄《いじ》られキャラだよなぁ。謎《なぞ》」

副課長が首を捻《ひね》ると、うんうん、と営業課のみんなが頷《うなず》いている。

「やっぱ微妙《びみょう》……なんですかね、俺って」

引き攣《つ》った笑いを浮かべていた碧に、先輩女性スタッフが声をかけてくれる。

「でも、そこが片平さんのいいところよ？　格好よくて仕事ができるのに、可愛《かわい》さもあって」

その言葉に優《やさ》しさはあるのだが、二十五にもなる大人の男としてどうなのかと突《つ》っ込《こ》みたくなる。だが碧の意に反して、営業課のみんなの頷きが深くなっていく。

「ハハ……ありがとうございます……」

ギクシャクと席に戻りながら、ふと、峻と寛人の顔が浮かんだ。

……アイツらこそ、イケメンの中のイケメンだよな。俺と違《ちが》って、可愛いなんて言われない。いや、俺だってどこから見ても男なんだけど……いったい俺のどこが可愛いって思われるんだろう？　もしかして、それが合コン連敗の原因か？　例えばあの二人は……。

頭の中、峻はクールに微笑《ほほえ》み、寛人は穏《おだ》やかに笑っている。そして二人の顔がどんどん迫《せま》ってきて……左右から碧の耳に吐息《といき》を吹《ふ》きかけ、甘く囁《ささや》く。

『見た目は結構イケメンだけど、中身が可愛いんだよな、碧は』

『年下から見ても可愛すぎるんだよね』

「……うわ！」

うっかり触《ふ》れた机の上のファイルが、雪崩《なだれ》を起こしてドサドサと床《ゆか》に落ちる。慌てて拾い上げながら、碧はますます赤くなった。

っ……何を思い出しているんだ、俺は！　仕事中だろ！

営業課のみんなは、碧の小さなドジはいつものことだというように、気にも留めない。碧は、また誰かに突っ込まれないうちにと、急いで片付けて営業鞄《かばん》を手にした。

碧の主な仕事は、担当先の企業《きぎょう》を回って手形を集金したり、預金を集めたり、融資をセールスしたりすることだ。他にも輸出入業務や、最先端《さいせんたん》の資金調達など……企業活動における、お金の全《すべ》てを取り扱《あつか》っている。企業内の個人も含《ふく》むと大変な数の取引先を持っているから、日頃《ひごろ》のマメな営業活動が物を言う。

「じゃ、行ってきます」

「よし、頑張《がんば》れ、イケメン。ついでに新規、獲《と》ってこい」

隣《となり》の席の先輩に、ポン、と背中を叩《たた》かれる。

「勘弁《かんべん》して下さいよ……」

苦笑いして、碧は支店を出た。

今日、最初の訪問先は、業績好調な権東《ごんどう》建設だ。支店から歩いてすぐのビルの中にある。

社長の権東《ごんどう》は、ワンマン経営な上に好き嫌《きら》いの激しい性格。前の担当者は社長と相性《あいしょう》が悪く苦労したそうだが、三ヶ月前から担当している碧は、なぜかやたらと気に入られている。

会社のゴルフやパーティーに呼びつけられ、権東の傍《そば》に侍《はべ》らされたことは一度や二度ではない。頑張り屋の碧は土日が潰《つぶ》れるのも厭《いと》わず、場を盛り上げようと一所懸命《いっしょけんめい》に参加して——それがまた気に入られたらしかった。

経理課で頼《たの》まれていた書類を手渡《てわた》し、顔なじみの経理課長と雑談を交《か》わす。直接セールスに繋《つな》がる話題がなくても、碧はこういう地味な取り組みが好きだ。

元々、碧が銀行員を目指したのも、『中小企業《ちゅうしょうきぎょう》のお助けマン』として、社会の役に立ちたかったから。こうしてコツコツと信頼《しんらい》関係を築いていくやり方が、性に合っている。

……財務内容のいい会社だから、もっともっと伸《の》びるはず。次のジャンプアップには、きっと俺を必要としてくれる。気長にやろう。

改めてそう思いながら、次の訪問先へ行こうとエレベーターを待っていた、その時だった。

「片平くん？」

「社長！　こんにちは！」

権東だ。五十三歳という年齢《ねんれい》よりはずいぶん若く見えるけれど、その分、ぎらついた印象は否《いな》めない。正直、生理的に苦手なタイプだ。

今からどこかへ行くところなのだろう。権東はゴルフ焼けした頬《ほお》に微笑を浮《う》かべ、美人な女性秘書を従えたまま碧の目の前で止まった。

「水臭《みずくさ》いなあ。うちに来る時は社長室にも寄ってくれ、って言っただろ？」

「社長、お忙《いそが》しいかな、と思いまして」

控《ひか》えめに返すと、権東はニヤリと笑って碧の背中を軽く叩き、そのまま秘書に背を向ける形で声を潜《ひそ》めた。

「君に、いい話ができそうだ」

「え……？」

「近いうちに来てくれないか？　時間はちゃんと取るから」

「わ、わかりました！」

碧は思わず背筋を伸ばした。

今までの努力がようやく報《むく》われるなら——銀行員として会社の成長に貢献《こうけん》できるなら、こんなに嬉しいことはない。

「必ずお伺《うかが》い致《いた》します！」

今度は腰のあたりをポンポンと叩かれ、直立不動で権東を見送る。振り返った権東の意味ありげな目線に、ふと、峻が言った『悪い虫』という言葉が頭をよぎった。

……まさか。あの二人に影響《えいきょう》されすぎだ、俺。

頭をブンブンと振って、忘れようとする。

マズイ……今日はずっとヘンだ。アイツらのことばかり気になって。こんなことじゃいけないのに。

碧はもう一度頭を振って、次に来たエレベーターに乗り込んだ。

「じゃあ、これから配る決算書を見て、班ごとに話し合ってくれ。十分後、各班の代表が発表。いいな？」

碧が架空《かくう》の会社の決算書を配ると、新人たちは一斉《いっせい》に話し合いを始めた。

ここは都内某所《ぼうしょ》にある、東京セントラル銀行の研修所。新人研修の講義は基本的に各クラスの専任講師が行うが、一部は碧のようなゲスト講師に任されている。

ゲスト講師は、支店の第一線から優秀《ゆうしゅう》な者が選ばれるらしい。今年初めて抜擢《ばってき》された碧も、この一ヶ月、張り切って準備をしてきた。あの二人に見られて、最初は緊張《きんちょう》でギクシャクしてしまったが……前向きな性格が幸いして、自分なりにいいペースで講義ができていると思う。

碧は新人たちの真剣《しんけん》さに満足しつつ、研修室を歩き回った。

どの班も活発に議論している。だが特に盛り上がっている班が二つある——峻のいる五班と、寛人のいる六班だ。峻は積極的に発言して議論をリードしているし、寛人は聞き上手を発揮してみんなの意見を丁寧《ていねい》に引き出し、着々とまとめている。

それぞれ最短のアプローチで正解に近づいていることに感心し、碧は後ろの空いている席に座った。

……やっぱり、あの二人はできる。専任講師も「飲み込みが物凄《ものすご》く早い」って舌を巻いていたし、スタートは順調だ。後は……二度とあんなことを言わせない、させないことだな。仕事も恋愛《れんあい》も、この俺がキッチリ指導してやらないと！

二人の優秀さを目の前にして、ますますやる気が出てくる。

と、六班で和《なご》やかな笑い声が起きて、自然とそちらを見た碧は、寛人とまともに目が合ってしまった。

あ……。

太めの眉《まゆ》がゆっくりと下がり、それだけで寛人の優しい表情に切なさが滲《にじ》む。従順な瞳《ひとみ》は狂《くる》おしいほど熱く、碧だけを見つめている。

『初恋《はつこい》なんだから……誰《だれ》にも負けない』

……！　こんな時に何を思いだして……俺はっ！

慌《あわ》てて顔を伏《ふ》せるけれど、頬が勝手に熱くなるのがわかって余計に焦《あせ》る。

それに、見なくても寛人と峻の声ははっきりと聞こえてくる。まるで他《ほか》の新人たちとは違うスピーカーを通しているみたいだ。それがどうしてか頭の中で変換《へんかん》されて、昨夜の記憶《きおく》がAVよろしく再生されてしまった。

『イっていいよ』

『イけよ。碧の一番いやらしい顔……見ててやるから』

っ……ダメだ、ダメだ！　忘れろ、俺！

碧は自分を叱《しか》りつけると、深呼吸をしてから立ち上がり、教壇《きょうだん》に戻《もど》った。

「よーし、時間だ。では、決算書から読み取れる、この企業の問題点について。一班から」

順番に、新人たちが発表をしていく。どの班もきちんと意見をまとめていて、発表もスムーズだが、パーフェクトは難しいようだ。碧の求める正解は、なかなか出揃《でそろ》わない。

「……では、五班」

碧は期待を顔に出さないようにして、峻の班を指名した。

「はい。問題点は四つあります。まず経営安全率の低さ……」

立ち上がった峻は、よどみなく発表を始めた。

さすが会計士の卵、ポイントを的確に押さえている――大正解だ。新人としては百点満点。話し方も非常に論理的で、碧が焦ってしまうほどだ。

その存在感もまた、講師顔負けだった。研修中だから片耳のピアスを外し、新人らしくフレッシュなスーツ姿だけれど、周囲に比べて早くも着慣れ感がある。ビシッと広い肩《かた》には、男らしい迫力《はくりょく》さえ漂《ただよ》っていて――碧は社会人として既《すで》に完成しつつある峻の姿に、唸《うな》らせられた。

「後でまとめて講評するが、非常にいい発表だった」

碧が今日初めて褒《ほ》め言葉を口にすると、峻は微《かす》かに口角を上げた。そして隣の班の寛人をチラリと見て、勝ち誇《ほこ》ったような表情を浮かべる。

なっ……もしかしてこの二人、合宿中ずっと勉強の出来を競《きそ》い合っているとか？　他が競争相手にならないんだろうけど……。

幼なじみ同士が仕事上もライバルだなんて、何とも贅沢《ぜいたく》な関係だ。自分も同期だったらどうだっただろう……と考えて、碧はちょっと二人が羨《うらや》ましくなった。

「では、六班」

「はい」

最後に立ち上がったのは寛人だ。峻の挑発《ちょうはつ》にも動じず、穏《おだ》やかな笑《え》みを浮かべている。班のみんなは、応援《おうえん》するように力一杯拍手《ちからいっぱいはくしゅ》している――早くも寛人の人柄《ひとがら》に魅《み》せられたらしい。本当に不思議な男だ。

「六班も、問題点は四つだと考えました……」

寛人も落ち着いた声で、発表していく。内容は峻と同じだ。記憶力がいいのだろう、班員の発言を織り交ぜて説明していくので、聞いている側はとても丁寧な印象を受ける。小さい頃《ころ》は峻に比べてのんびり屋だったのに、それがいい方向へ成長したようだ。

パッと人目を惹《ひ》く峻とタイプは違《ちが》うが、育ちのよさそうな王子様キャラで、勉強もできるなんて、女の子は普通《ふつう》にキュンとするだろう。優《やさ》しそうな顔立ち、クッキリした大きな瞳は、知性も感受性も豊かな証拠《しょうこ》だ。猫《ねこ》を被《かぶ》るという言葉があるけれど、寛人の場合はゴールデン・レトリバーを被ったサラブレッドみたいなものだ、と碧は思っている。

その証拠に、寛人の発表はそのままでは終わらなかった。

「最後に、数字上は問題ないものの気になった項目《こうもく》があります。在庫です」

ハッ、と顔を上げた峻の視線が、待ち受けていた寛人の視線とぶつかった。碧が思わず身体《からだ》に力が入ってしまうほど、二人の視線はバチバチと火花を散らしている。

「この会社は、服飾《ふくしょく》ボタンメーカーです。ボタンにも服と同じように流行の色や形があるはず——すでに不良在庫になっているかもしれません。僕が担当者だったら、実際に倉庫を見ておきたいと思いました」

滑《なめ》らかに説明すると、寛人はやっと峻から目を離《はな》し、碧の方を見てニッコリした。

他の新人たちは、寛人の注意深い観察力に、ため息をついている。脱帽《だつぼう》したように頷《うなず》いたり、メモをとったりしている者もいるが、峻だけは凍《こお》り付いたように前を向いて動かなかった。

負けず嫌《ぎら》いな峻を心の中で励《はげ》ましてから、碧は寛人に笑いかけた。

「いきなり新人レベルを超《こ》えてきたな」

「実際は、もっと読み込まないと見つからないんだと思います。どんな仕事が待っているのか

「その意気だ。よし、解説する！」

碧は、残りの時間を全《すべ》て解説にあて、最後に全員が理解したことを確認《かくにん》した。

「今日は初回だったが、よくついてきてくれた。明日《あした》は今日よりもっと難しい決算書を作ってくるから、頑張《がんば》ってくれ」

新人たちの間から、「ヤバイなー」「厳しいかも」などと声が漏《も》れる。峻と寛人が余裕《よゆう》の表情なのは、予想通りだ。碧は全員を見回し、真剣な表情で続けた。

「みんなに知って欲しいのは、決算書一枚でいろんなことがわかるということ。そして、だからこそ決算書を鵜呑《うの》みにしてはいけないということだ。矛盾《むじゅん》するようだけれど、銀行員は最終的には数字じゃなく、自分の目で会社を見極《みきわ》めなきゃいけない。わかったか？」

「はい！」

全員から、しっかりと返事がある。碧の熱意は、ちゃんと伝わったようだ。

そして峻と寛人も、真っ直《す》ぐに碧を見ている。

……いい目、だな。まだまだ鍛《きた》え甲斐《がい》がありそうだ。

碧は、講師として大きなやりがいを感じていた。


……今から楽しみです」

「碧！」

廊下《ろうか》に出た碧は、後ろから峻に呼び止められた。

「お疲《つか》れさま。講義、すげー面白《おもしろ》かった」

「サ……サンキュ」

硬《かた》い笑顔で振《ふ》り返ると、スーツ姿の峻がすぐ傍《そば》にいて、ドキッとする。上手《うま》く言えないが、年下のくせに男の色気のようなものを漂わせているのだ。ちょっと悔《くや》しい。

「峻も期待通りだったぞ。お前、頭良すぎ」

「……寛人にはやられたけどね」

「たまたまだよ」

にこやかに話に加わってきた寛人を、峻が不服そうに見た。

「何がたまたま、だよ。しかも、碧に色目使ったな？　このムッツリ」

「あれは、あっちゃんが可愛《かわい》かったから」

悪びれるどころか、むしろ嬉《うれ》しそうな寛人に、碧は言うなら今だと顔を上げた。

「おい、いいかげんにしろ。昨日のことは、その……俺も酔《よ》ってたし、お前たちも酔ってた。お互《たが》い、忘れよう。だから二度とあんなこと……」

「そっか。他のみんなにも釘《くぎ》を刺《さ》しておかないとね」

「は？」

寛人が、碧に向かってニッコリと笑った。

「あっちゃんは講師に選ばれるほど仕事が出来るし、教えるのも上手いし……とっても可愛い」

「!?」

「後でみんなに、あっちゃんは俺のものだから、って宣言しておかなくちゃ」

「なっ……寛人！」

「勝手に宣言するな、碧は俺のだ」

峻がムッとして言い返し、二人は険悪な表情で向かい合った。

「……一度、はっきりさせておこうぜ」

「望むところだよ。もう条件は同じなんだからね」

「ま、待て！　喧嘩《けんか》するな！」

碧は、慌《あわ》てて二人の間に割って入った。

「俺はモノじゃない。誰《だれ》のものとか、そんなの……」

宥《なだ》めようとしながら、碧は焦《あせ》った。

寛人のこんなに険しい顔は、見たことがない。あの穏やかな笑顔が、自分のことで消し飛んでしまうなんて……胸が痛む。

峻だって、敵を作りやすい性格だけど、寛人とだけはずっと親友だったはずだ。

……やめろ。競い合うのは、講義中だけにしてくれ。あ……もしかして講義中も、俺に褒められるかどうかを競っていたのか？

胸だけじゃなくて、頭まで痛くなってくる。

「おい……待て。お前ら、根本的におかしいだろ！」

「おかしい？」

峻が、今度は碧に対して鋭《するど》い眼《め》を向けた。

「おかしくなんかない。碧は、俺たちの真剣《しんけん》さがわかってない」

「だから、俺は男だぞ？　取り合う必要なんて……」

「あっちゃん、大事なことを忘れてない？　俺たち、あっちゃんの傍にいたくて、この銀行に入ったんだよ。必死に勉強してるのだって、あっちゃんに少しでも近づきたいから」

寛人の静かな口調。切なそうな上目遣《うわめづか》いで、そんな風に言われると――碧は弱い。

「峻とだって、別に仲が悪いわけじゃないよ。だけど、譲《ゆず》れないものは譲れない」

「そういうことだ」

「でも……っ……」

どうしよう。これじゃ、俺のせいで二人の仲が悪くなる。どうすればいい……？

説得どころか、焦るばかりでいい考えが浮《う》かばない。自分は誰のものでもないと思うのだが、そう言い切ってしまうと峻など完全に臍《へそ》を曲げそうだ。

「だからさ……あー、クソッ！」

碧は、手にした資料で廊下の壁《かべ》をバシッと叩《たた》いた。

「わかった。とりあえず俺は二人のもの、ってことでどうだ。どっちか一人って言うから、ややこしくなるんだろ。な？」

二人の顔を交互《こうご》に覗《のぞ》き込むと、難しい顔をしていた寛人がまず頷いた。

「あっちゃんがその方がいいなら。俺は、あっちゃんが選んでくれるまで待つよ」

「……仕方がないか」

峻も肩《かた》を竦《すく》める。そして頭の回転の速い峻は、すぐに続けた。

「じゃあ、他《ほか》の男は寄せ付けるなよ？　合コンもダメだ。そこだけは俺と寛人とで協力して、碧を保護する」

「それがいいね。だけど俺たちの間に協定はなし、ってことで」

「ああ。口説く時には、相談も遠慮《えんりょ》もしないからな」

「無理矢理《むりやり》はダメだよ、峻」

「え……ちょ、何？」

話が勝手に進み出してしまって、碧は慌てた。

「合コンくらい、いいだろ？　俺、いいかげん彼女が欲し……」

「彼女なんかいらないよ。俺と峻のどっちかが、あっちゃんの初めての彼氏になるんだから」

寛人が笑顔《えがお》で、しかし迂闊《うかつ》に反論できない強さで言い放った。

「！」

嘘《うそ》だろ……説得するどころか、勘違《かんちが》いがますます酷《ひど》くなってる。何言ってんだ、コイツら……

…何やってんだ、俺は！

碧が呆然《ぼうぜん》とすると同時に、研修室から女の子が四、五人、顔を出した。

「あ、いたいた！　水野くん、瀧くん！」

峻と寛人を見ると駆《か》け寄ってきて、二人を右から左から、研修室へと引っ張っていこうとする。男子と同様に営業を任される予定の、活発な子たちだ。

「決算書の読み方、教えてくれる？」

「法律の勉強も見てほしいなー」

完全に無視された碧が、呆気《あっけ》にとられてしまうほど強引《ごういん》だ。ターゲットを決めた若い女の子のパワーは凄《すご》い。

「あ……じゃあな。悪かったな！」

碧の声に振り返って、峻が片手を上げ、寛人が苦笑《くしょう》する。二人を見送り、碧は講師室へと踵《きびす》を返して……ハッとした。

……って、何で俺が謝るんだよ！　それに俺が二人のものって……やっぱりおかしくないか？　そもそもアイツらが根本的に間違《まちが》ってるっていうか……。ああ、何かもう、わけがわからなくなってきた……。

講義は上手くいったけれど、結局ずっと、二人の手の内で右往左往している気がする。

碧はガックリと項垂《うなだ》れながら、講師室へと戻《もど》った。

そんな風にして、毎日が過ぎていった。

碧は、午前中は通常業務、午後は研修所に通って新人たちを教えた。

峻と寛人は互いに競《きそ》うように勉強しているから、教えるのが楽しかった。二人の噂《うわさ》は寮《りょう》や支店にまで届いて、「優秀《ゆうしゅう》な後輩《こうはい》がいるんだって？」と、碧の株まで上がった。

そして峻も寛人も、休み時間はいつも女の子たちに囲まれていた。碧は、自分の新人時代にそんなことは一度もなかったので、かなり羨《うらや》ましかった。

それなのに二人は、男など構って何が楽しいのか——講義の後は女の子たちを振り切るようにして、必ず碧に声をかけてくるのだった。

「碧は仕事のできる男が好きなのか？　だったら俺だ。俺にしろ」

峻はそう言って隙《すき》あらば碧に迫《せま》ったし、寛人は寛人で、

「俺、早くあっちゃんに認めてもらえるように頑張《がんば》る。だから見ててね」

と、健気《けなげ》に繰《く》り返した。

碧は、これは長期戦になりそうだ、と悟《さと》った。

普通《ふつう》に説得したくらいで諦《あきら》める相手ではない。だけど、立派な銀行員にしてやろうと心に決めているから、無下にもできない。碧にできるのは、二人の情熱を少しでも仕事に向けさせることだ。

そう考えた碧は、はっきりと二人の目を見て窘《たしな》めた。

「研修中は勉強に集中しろ。俺を気にする暇《ひま》があったら、早く仕事を覚えろ。俺は、仕事にいいかげんな奴《やつ》は大っ嫌《きら》いだ！」

碧の言葉に、峻は不本意そうに、寛人は寂《さみ》しそうに引き下がり、ますますライバル心剝《む》き出

して勉強した。

そして碧は、そんな二人がちょっと可哀想《かわいそう》で……やたらと気になっていた。

……二人とも弱音を吐《は》かないけれど、社会人になったばかりでストレスも多いだろう。研修が終わったら、息抜《いきぬ》きさせてやらなくちゃ。そうだ、どこか遊びに連れて行ってやろう。昔のように遊べば、ヘンなことも言わなくなるかもしれない。二人も無駄《むだ》に競わなくなるかもしれない……一石二鳥だ。

碧は研修の教材作りの傍《かたわ》ら、せっせと週末の計画を練った。


「着いたぁ！」

改札を出た碧は、大きく伸《の》びをすると、後ろを振《ふ》り返った。

「今日は一日、遊び倒《たお》そうぜ」

「……」

「どうした、ノリ悪いな。ほら、峻！」

背中をドンと叩くと、峻が広い肩を困ったように竦めた。

「なぁ、碧」

「うん？」

「何で遊園地なんだよ」

碧、峻、寛人の前には、大きな遊園地のゲートが見えていた。立ち止まった三人を通り越《こ》して、沢山《たくさん》のカップルや家族連れが次々とその中に吸い込まれていく。

四月の爽《さわ》やかな青空に響《ひび》く、ワクワクするような音楽——聞こえる歓声《かんせい》。これ以上素晴《すば》らしい休日はない。

「何でって？　お前ら、遊園地が大好きだろ？」

「それ、十年くらい前の話……」

「いーんだよ、楽しければ。なっ、寛人？」

「うん。あっちゃんと一緒《いっしょ》なら俺、どこだって楽しいよ」

「お……おお、そうか」

寛人の大きな目でジッと見つめられ、碧はちょっと恥《は》ずかしくなって目をそらした。真っ直《す》ぐに向けられる好意は昔と同じなのに、何だか妙《みょう》に意識してしまう。

……初恋《はつこい》か。クソッ、思い出しちゃったじゃないか。今日はそういうことを忘れさせるために来ているのに、俺が気にしてどうする……。

「ほらほら、行こうぜ！」

碧は照れ隠《かく》しに二人の後ろに回り、自分より広い二つの背中を押して歩き出した。

昨日、一週間の新人研修が終わった。

終了後《しゅうりょうご》、新人たちはクラスごとに打ち上げをするから、帰りが遅《おそ》くなる。碧は二人の部屋のドアに、小さなコンビニ袋《ぶくろ》をかけておいた。

袋の中には、二日酔《よ》い用ドリンク剤《ざい》と、一枚のメモ。

『よく頑張ったな。ご褒美《ほうび》に、明日《あした》は俺が遊びに連れて行ってやる。八時に食堂集合！　碧』

そして今朝、八時に食堂に行った碧は、目をキラキラさせた寛人の質問責めにあった。

「あっちゃん、今日はどこ行く？　電車で？　俺、この格好でいいかな？」

ブルー系に少しパープルの入った、大人っぽいチェックのシャツ。クッキリと濃《こ》い色のデニムは、長い脚《あし》を更《さら》に長く見せている。そこに寛人の人懐《ひとなつ》こい笑顔だ——女の子の理想のボーイフレンドを絵に描《か》いたような姿に、幼なじみながら惚《ほ》れ惚《ぼ》れする。

「別に、その格好でいいけど」

どうしてだ？　と首を傾《かし》げた碧に、寛人は照れ臭《くさ》そうに笑う。

「初デートだから、ちょっとお洒落《しゃれ》してみた」

「デート言うな！」

「え、違《ちが》うの？　俺、楽しみにしてたのに……」

がっかりして項垂れる寛人に、碧の方がため息をついてしまう。

と、そこへ、気怠げな声が重なった。

「なあ……やっぱ三人一緒なわけ？　全然、ご褒美じゃないだろ」

峻だ。あー眠《ねむ》い、と呟《つぶや》いて、食堂入り口のソファに座り込む。

適度にダメージのあるブラックデニムに、シンプルなTシャツ姿。何気ないのに、スタイルのいい峻が着ると俳優のプライベートシーンみたいで……元が違うとこうも違うのかと、碧はガラス窓に映る自分を見て、またため息をついた。

……ったく、二人ともイケメンすぎるだろ。一緒に出かける俺は、ご褒美どころか罰《ばつ》ゲームじゃないか。でもここは先輩《せんぱい》として、有意義な休日の過ごし方をちゃんと教えてやらなくちゃ。

碧はそう思い直すと、腰《こし》に手を当てて二人にハッパをかけた。

「おい、シャキッとしろよ！　せっかくの休日だろ？　プライベートも充実《じゅうじつ》させないと、仕事だって続かないぞ？」

「そうだろうけど、とりあえず眠すぎんだよ……」

「峻も？　俺も楽しみすぎて眠れなかったよ」

「……俺は二日酔い。ってか、寛人いつからあんなに酒、強くなった？　俺より飲んでただろ」

「大学のゼミで、酒豪《しゅごう》の先輩たちに鍛《きた》えられたんだ」

「だからか。あ、碧がくれたドリンク、超《ちょう》助かった。かなりマシになった」

「大丈夫《だいじょうぶ》？　俺の分も飲む？」

寛人が、心配そうに峻の顔を覗《のぞ》き込んでいる。

仲のいい雰囲気《ふんいき》に碧がホッとした途端《とたん》、寛人が言った。

「峻、大事をとって、今日は留守番してた方がいいよ。あっちゃん、二人でデートしよ」

「ダメだ」

峻が、珍《めずら》しく慌《あわ》てて反論する。

「大丈夫だ。俺も行く」

「だって、調子悪いんだろ？　社会人は健康管理も大事だよね、あっちゃん？」

「まあ、な」

「ほらね、峻。あっちゃんの言うことは聞かなくちゃ」

涼《すず》しい顔をしている寛人を、峻がギロリと睨《にら》んだ。

「いい子ちゃん面《づら》して、ミエミエなんだよ。碧を独《ひと》り占《じ》めする気だろ……そうはさせるか」

「無理するなよ」

「してない」

「二人とも、やめろって。峻、どうする？」

碧が聞くと、峻は少しふて腐《くさ》れて横を向いたまま、「行くだろ」と答えた。

……こんなところは、やっぱり年下だな。ちょっと可愛《かわい》いっていうか……。

碧は微笑《ほほえ》ましく思いながら、

「いいんだな？　んじゃ、出発するぞ。場所は、着いてのお楽しみ！」

と、二人を連れ出した。

そうして、電車に揺《ゆ》られること小一時間。

驚異《きょうい》の回復力を見せた峻の顔に、いつものクールな笑《え》みが浮《う》かぶ頃《ころ》には、三人は目的の遊園地に到着《とうちゃく》したのだった。

「何から乗る？　あっちゃんはどれに乗りたい？」

ゲートを入ってすぐ、園内地図の看板の前で、寛人が碧に聞いてきた。

「あっちゃんの好きなのから乗ろうよ」

「そうだなー」

「何、言ってんだ。最初はアレに決まってるだろ」

峻が指さす方を見て、碧はウッと息を止めた。

この遊園地で一番人気と言われている絶叫《ぜっきょう》ジェットコースターだ。グルングルン、いったい何回転しているのか——今も物凄《ものすご》い轟音《ごうおん》と共に駆《か》け上がり、急降下して、遊園地の隅々《すみずみ》にまで悲鳴を届けながら駆け去って行く。

「ハハハ……若いなぁ、峻は。あんなの子供が乗るモンだろ？」

「怖《こわ》いんだな？　碧は」

ギクッ、と固まった瞬間《しゅんかん》、峻が噴《ふ》き出した。

「やっぱりな。昔、一緒に遊園地に行った時から、もしかして、って思っていたんだ」

「怖くないって！　好き好んでは乗らないけど、乗れないわけじゃ……」

「峻。あっちゃんをいじめるな」

スッ、と寛人が間に入ってきた。広く頼《たの》もしい背中に庇《かば》われて、不覚にもドキッとする。だがそれも一瞬《いっしゅん》だった。

「あっちゃんは、お化け屋敷《やしき》とか絶叫マシーンとか、スリル系はダメなんだよ。折角《せっかく》、俺が気付かないフリしてあげていたのに……」

「ダメじゃないっ！　何だよ、フリって！」

むきになって言い返すと、峻が笑いながら回り込み、乱暴に肩《かた》を組んできた。

「問題ないなら、行こうぜ。怖かったら俺に抱《だ》きつけよ」

「誰《だれ》が抱きつくか！」

「あっちゃん、峻じゃなくて俺にしなよ」

寛人まで、反対側の腕《うで》を取ってくる。その力が意外に強くて、振《ふ》りほどけない。

遊園地に入ってすぐ、一番目立つ場所で大きな男三人がじゃれ合っているものだから、周囲から妙な注目を浴びていて……碧は焦《あせ》った。

「っ……だから怖くないって。ほら、行こうぜ」

大丈夫、と両腕《りょううで》を拘束《こうそく》されたまま手をヒラヒラと振り、ぎこちなく笑ってみせる。

たかが絶叫マシーン、されど絶叫マシーンだ。弟分である二人の前で、情けない姿は晒《さら》したくない――それが自分の強がりだとわかっていても。

その時、寛人がふと目を細め、酷《ひど》く甘い……まるで恋人《こいびと》にするような表情をした。

「あっちゃん、もっと頼《たよ》ってくれていいんだよ？」

「え……？」

「昔の俺は子供で、何をやってもあっちゃんに敵《かな》わなかったけど……今は違うんだから」

「寛人……」

そのまま瞳《ひとみ》の奥を覗き込まれて、歓迎会《かんげいかい》の夜のキスを思い出し――言いようのない気持ちに胸が震《ふる》えた。

甘えん坊《ぼう》だと思っていた寛人に、甘やかされている。そんな自分がさほど嫌《いや》ではないことに驚《おどろ》きながら……寛人から目が離《はな》せない。

と、碧の顎《あご》先が横からサッとすくわれて、無理矢理《むりやり》に峻の方を向かされた。

「そうだ。小さい頃の俺たちが碧にしたように、俺たちに縋《すが》って怖がればいい」

「……いつも微妙《びみょう》に意地悪だな、峻は」

「あ、泣くのは我慢《がまん》しろよ？　このくらいで泣かれちゃつまらない……俺が」

そう言って口角を上げた峻の、目だけが笑っていないのに気付いて――碧は怖いわけでもないのに背筋がゾクリとした。

う……今の、何だ？　それにどういうこと？　この前は俺を泣かせたいって言っていたのに、絶叫コースターで泣くのはダメって……峻は何がしたいんだ？

「ほら、行こう。あっちだよ」

寛人が、碧を引っ張って歩き出す。反対側には峻がピタリと寄り添《そ》ったままだ。

「……俺、連行されてるみたい」

「ハハハ、ホントだね」

「このまま、どこかに攫《さら》っちまいたいけどな」

半ば引きずられるようにしてジェットコースターに向かいながら、何のために遊園地に来たんだったっけ……と、碧はため息をついた。


「はぁぁ……疲《つか》れた……」

椅子《いす》に座るなり、碧はテーブルの上に突《つ》っ伏《ぷ》した。コースターでも他《ほか》の乗り物でも、二人に交互《こうご》に隣《となり》に座られて手を握《にぎ》られたり腰を抱かれたり——正直、人目を気にしてしまって、乗り物の怖さも半減だった。

峻と寛人は楽しそうだったし、抵抗《ていこう》して二人の仲違《なかたが》いを誘発《ゆうはつ》するのも困るから、過剰《かじょう》なスキンシップも我慢したけれど……普通《ふつう》ならこんなことありえない、と思う。

「しかも、三回連続でジェットコースターとかさ。峻、マジで勘弁《かんべん》してくれよ」

「ね？ 俺もさすがに疲れたよ」

寛人のフォローに、「だよな」と力なく顔を上げ、碧はメニューを広げた。

休憩《きゅうけい》を兼《か》ねて入った、園内のレストラン。

それぞれにメニューを決める間、碧は向かいに座った二人の顔を、ぼんやりと眺《なが》める。

……そういえば峻は昔からドS体質だったよな。意地悪っていうんじゃないんだけど、わざと俺を困らせたり心配させたりして喜んでる、っていうか……。

「碧、決めたか？」

「あ、うん。そうだ、峻、野菜食べろよ」

「……わかってるよ」

本当は、こういう素直《すなお》なところだってあるのだ。渋々《しぶしぶ》メニューを見直している峻に笑いを噛《か》み殺して、今度は寛人の方を見る。

……寛人は、いつでも尻尾《しっぽ》を振《ふ》って俺についてくる忠犬だな。幼稚園《ようちえん》の頃から全然変わってない。いや、昔は俺に一所懸命《いっしょけんめい》ついてこようとしてよく転んでいたけど、すっかり転ばなくなって……って、当たり前か。それにしても、今日はちょっと格好よかったな……。

「すみません」

碧に見つめられていることに気付かず、寛人が店員に声をかける。碧と峻に注文を確認《かくにん》すると、三人分を手際《てぎわ》よくオーダーし、最後にバイトの女の子に「お願いします」と紳士《しんし》的に微笑む。完璧《かんぺき》だ――完璧な彼氏だ。

って……彼氏じゃない！　危ない、もう少しで趣旨《しゅし》を忘れるところだった……。

碧は気を取り直し、今度企画《きかく》している合コンの話をしようと身を乗り出した。

「あのさ、来週の金曜……」

「碧って、本当に純粋《じゅんすい》だな」

「え？」

気が付くと、峻の視線が碧に真っ直《す》ぐに注がれていた。寛人を見ていた時の横顔を、峻に凝視《ぎょうし》されていたのだと、ギクリとする。

「何考えてるか、めちゃくちゃわかりやすい。今、この状況《じょうきょう》がヤバイとか思っただろ？　で、合コン話で俺たちの気を引こうって？」

「……」

　図星すぎて、グゥの音も出ない。寛人までクスクスと笑っている。

「あっちゃん、本当に可愛《かわい》いね。今時、女子高生の方がスレてるよ。あ……女子高生といえば、あの時の彼女、どうしてる？」

「……知らない。あれっきり連絡《れんらく》取ってないし」

　碧は、高校時代に初めて付き合った女の子の顔を思い出して、またため息をついた。

　彼女は、学年でも目立つ可愛い子だった。「片平くん、超《ちょう》タイプ。付き合おうよ」と、生まれて初めて告白された碧は舞《ま》い上がって、すぐに峻と寛人にも紹介《しょうかい》したのだ。

　彼女のバイト先の大学生と二股《ふたまた》かけられていることを知ったのは、それから一ヶ月後のこと。

「懐《なつ》かしいな。碧、別れた後も未練タラタラだったよな……社会人になるまで、メアドずっと変えなかっただろ？　それでも一度も連絡なかったのか？」

「いいだろ、人のことは」

　あれは、青春のほろ苦い一ページなのだ。初めての彼女、初めてのデート、初めてのキス……二人にすら話していない思い出がいっぱいある。

　すると、峻が片方だけ口角を上げた。

「やっぱり、碧のファーストキスを奪《うば》っておいて正解だったな」

「正真正銘《しょうしんしょうめい》のファーストは俺だけどね」

「え⁉」

キョトンとした碧は、人の悪い笑《え》みを浮《う》かべた峻を、続けて申し訳なさそうに眉《まゆ》を下げた寛人を見た。

「今……何て……？」

「あっちゃんが中三の時、風邪《かぜ》で寝込《ねこ》んだことがあったでしょ？　あっちゃんのお母さん、お父さんの容態が悪くて病院に詰《つ》めていて……あっちゃん、熱があるのに家に一人だった」

寛人が言う通り、確かにそんなことがあった。心配した寛人と峻が、泊《と》まり込みで看病しにきてくれたのだ。碧は「風邪がうつるから」と断ったのだが、二人は聞かなかった。

「あの時、うなされた碧を見ながら、寛人が『風邪は誰《だれ》かにうつすと治る』って言い出したんだ。で、最初に寛人が、次に俺が、碧にキスした」

「嘘《うそ》……だろ……」

嘘であって欲しい。碧はもう一度、力を込めて言った。

「そんなの、嘘だよな？　俺が中三なら、お前らまだ小六だし……キスなんて」

「嘘じゃない」

言い切った峻が愉快《ゆかい》そうに、

「ちなみに、俺たちにとってもファーストキスだ」

とダメ押しをする。

「いつも元気な碧がぐったりしてるのを見て、妙《みょう》に興奮した。キスだけじゃ済まない、碧をこの手でどうにかしたい、って気持ちが芽生えたのは、あの時だ」

「可愛かったよね。赤い顔して、目がトロンと潤《うる》んでいて……喘《あえ》ぐ息が何だか色っぽくて。俺、あの時、一生あっちゃんから離れたくない、守ってあげたい、って思ったよ」

寛人までがうっとりと語り始めて、碧はショックのあまり、テーブルに料理が運ばれてきても手をつけることができなかった。

高校生の時の、初めての彼女とのキス——あれが初めてじゃなかったなんて。初めては男、しかもこの二人だったなんて。

気にしすぎるのも男としてどうかと思うが、裏切られた気分は拭《ぬぐ》えないし、ジワジワと危機感が込み上げてくるのを止められない。

……クソッ……俺が甘かった。小六で俺のファーストキスを奪うなんて、コイツら筋金入りっていうか、どれだけ俺のこと好きなんだよ！　誤解とか、説得すれば何とかなるってレベルじゃない……！

「あっちゃん、ごめんね？　でも、本当にあっちゃんの風邪、治ったんだよ」

「翌日、俺たち揃《そろ》って寝込んだけどな」

「……」

碧は猛然《もうぜん》と、目の前の和風きのこパスタを食べ始めた。

「あっちゃん？」

「……食えよ」

「どうした、碧？」

「さっさと食え。帰るぞ」

二人が顔を見合わせているのがわかるけれど、今は気持ちの余裕《よゆう》がない。

碧は無言のまま食べ終わると、伝票を摑《つか》んで席を立った。

「待ってよ、あっちゃん！」

振《ふ》り切るように店を出ると、すぐに寛人が追ってくる。その声に、どうしても足が止まってしまう――無視なんかできない。

振り返ると、寛人と峻が真剣《しんけん》な面持《おもも》ちで立っていた。

「二人とも、俺にとっては大切な、可愛い後輩《こうはい》だよ。だけど……それとこれとは話が別だ」

「どういうことだ」

峻の問いに、深呼吸を一つして気持ちを落ち着かせる。

「二人のためなら、何でもしてやりたい。二人を、立派な銀行員にしてやりたい。でも……これ以上、お前たちの気持ちについていけない」

「……」

「ごめんな。じゃあ……」

「俺たち二人のものだって、言っただろ」

峻の鋭《するど》い声が、もう一度、碧を引き留めた。

「あれ、嘘だったのか？」

「あの時は……俺のせいで、お前らの仲が悪くなるのが嫌《いや》で……」

口ごもる碧に、峻がクスッと笑った。

「困るなよ。碧がその手の話に鈍《にぶ》いってことくらい、最初からわかってる」

「ニブ……？」

失礼な、と思わず唇《くちびる》を尖《とが》らせると、峻が広い肩《かた》をそびやかす。

「ついてくる必要なんかない。俺たちの気持ちが真剣だ、って気付いただけでも、前進なんだ。そうだよな、寛人？」

「そうだよ。告白したはずなのに、あっちゃんがあんまり普通《ふつう》だから心配してたんだ。やっと本気だってわかってくれたんだね？　ここからが、本当のスタートかな」

「……」

何だか、話が一巡《いちじゅん》している。

……もしかして、俺がこういう風に言い出すのを待ってたのか？　ってことは、最初から俺の戸惑《とまど》いなんかお見通し？

頭の切れる二人だからそれが自然だと、今更《いまさら》のように気付く。しかも、二人の息がぴったりだ。争うどころか、碧を繋《つな》ぎ止めるために協力し合っている。

ハ……ハメられたのか、俺はっ!?

碧は恥《は》ずかしさ半分、怒《いか》り半分で、慌《あわ》てて口を開いた。

「で、でも俺……そもそもお前らと恋愛《れんあい》なんて、ありえないって！」

「そうか？」

「そうか、って……男同士なんだぞ？」

「だって嫌じゃないだろ？　俺たちに『好きだ』って言われるの」

峻に言われて、思わずコクッと頷《うなず》いてしまう。「やっぱり」と峻に笑われて、ますます慌てる。

「あっ、その……」

「嫌だったら、こうやって一緒《いっしょ》にいないよね？　あっちゃん」

寛人に優《やさ》しく顔を覗《のぞ》き込まれると、嘘なんかつけなかった。

「……嫌じゃない、よ。だけど……」

「なら、いい。今の碧だったら、上出来だ」

フフン、と偉《えら》そうに言う峻に、碧はまた小さく唇を尖らせた。

「何だよ、それ。何か、俺ばっか悩《なや》んで不公平……」

「じゃあさ、仲直り記念に一緒に乗らない？」

寛人が、遊園地の一番奥にある巨大《きょだい》な観覧車を指さした。どういうことだろうと眉根《まゆね》を寄せると、寛人がいつもの穏《おだ》やかな笑みで答える。

「俺たちの気持ち、もう一度ちゃんと伝えたいんだ。まだ言ってないことがいっぱいあるし」

「まだ……いっぱい？」

碧は、目を見開いた。

自分の知らないことが、ファーストキスの他《ほか》にもまだあるというのか。それは困る。

「わかった、乗ろう」

「ありがと」

三人で、またくっついたり離《はな》れたりしながら、観覧車の下に到着《とうちゃく》する。係員の説明では一周十五分だそうだ——充分《じゅうぶん》だろう。並んでいる人もいなかったのですぐに乗り込み、碧は何とか二人を引き剝《は》がして、向かい合って座った。

「で？　まだ言ってないことって、何？」

「俺、碧に恋愛相談したことがある」

峻が先に口を開いた。

「俺が中二、碧が高二の時だ。もしかしたら俺の気持ちに気付いてくれるかも、って期待もあって……好きな人がすぐ傍《そば》にいるけど片想《かたおも》いだ、って相談した。覚えてるか？」

「……覚えてる」

碧は、頭を抱《かか》えたい気分になった。

正直、峻に言われるまで、そんなこと忘れていた。だけど今、はっきりと思い出してしまった……あれは自分のことだったのか。

渋《しぶ》い顔になった碧に、峻が畳《たた》みかける。

「碧は、俺の好きな人が自分だって、全然気付かなかった。でも、『好きなら諦《あきら》めるな。いつかきっと気持ちは通じる』って励《はげ》ましてくれた……それも覚えてるか？」

「覚えてるよ……」

昨日のことのように、と心の中で付け足す。思春期で、何に対しても斜《しゃ》に構えていた峻の、怖《こわ》いほど真摯《しんし》な表情。意外と一途《いちず》で不器用な男なのだと知って、何だか嬉《うれ》しかったこと。

峻が、好きな人と幸せになれますように——心からそう願ったことも。

「俺、碧にそう言われて嬉しかった。あの頃《ころ》は、俺も結構ピュアだったからさ」

「……」

答えようがない。相手が自分だと知らなかったとはいえ、峻の想いを応援《おうえん》するようなことを言ったなんて。

「俺も、あっちゃんに告白したことがある」

寛人が静かに話し始めた。

「高三の時、志望校に迷って。やっぱりあっちゃんと同じ大学に行こうと思って、オープンキャンパスに行った」

それも覚えている。

夏休みのある日。突然《とつぜん》下宿に現れた寛人に驚《おどろ》き、喜んだ碧は、バイトの予定を何とか都合して、大学を案内した。だけどよくよく話を聞いてみたら、寛人の志望理由は『あっちゃんとずっと一緒にいたいから』——ただそれだけだった。

「俺、あっちゃんが何て返事してくれるか……ドキドキしてたんだよ。そうしたら、あっちゃん、俺を叱《しか》りつけた」

『お前なら、もっとレベルの高い大学を狙《ねら》える。挑戦《ちょうせん》しないのは、逃《に》げてるからだ。甘えるな！』

確か、碧はそう言ったはずだ。甘えん坊《ぼう》の寛人に『甘えるな』と言ったのは、後にも先にもあの時だけ。

「俺、あっちゃんに叱られて目が覚めた。あっちゃんに認めてもらうには、それなりの男にならなくちゃ、って。それに好きって気持ちは伝わらなくても、あっちゃんは俺のこと、こんなに真剣に考えてくれているんだ、って嬉しかったよ」

「……」

あれが告白だったなんて、当時の碧にわかるわけがない。だけど、今こうして聞く限り、寛人が碧をどんなに想ってくれていたかは明白だ。

そう——二人の気持ちは、勘違《かんちが》いなんかじゃなかったのだ。

ただ、碧が気付かなかっただけ。

……ヤバイ、感動しそう。でも俺、二人にこんなに好かれていたのに全然知ろうともしなくて……本当にただの鈍感野郎《どんかんやろう》じゃないか……。

悪いことをしてしまった。何かと面倒《めんどう》を見てきたつもりが、肝心《かんじん》なところで二人の純粋《じゅんすい》な気持ちに気付けなかった。

そして……それでもまだ二人は、こんな自分のことを想い続けてくれている……。

「なぁ……聞いていいか？」

碧は、苦い気持ちを抱《いだ》いたまま、二人に向き直った。

「俺も、峻と寛人のことは好きだけど……それはあくまで幼なじみとしてだ。だからわからないんだけど、その……どうして俺なんだ？」

思い切って核心《かくしん》に迫《せま》ると、グラリ、とゴンドラが揺《ゆ》れた気がした。言いにくくて、つい少し早口になってしまう。

「だって、俺はどこから見ても男だろ？　女の子みたいに綺麗《きれい》な男だったらまだしも、女顔でもないし、可愛《かわい》くもないし、どこがいいのかさっぱり」

わからない、と首を振《ふ》る碧を、二人は静かに見つめている。何だか焦《あせ》ってしまって、碧は更《さら》に言葉を継《つ》いだ。

「そ、それに男に惚《ほ》れられる男って、むしろ峻や寛人みたいな……。俺って、そういうタイプじゃないっていうか」

観覧車は、そろそろ頂上だ。この密室状態が急に息苦しく思えてきて、碧は大きく息を吸って、吐《は》く。

と、黙《だま》っていた寛人が口を開いた。

「俺もわからないよ。でも、今まで好きになった人は、あっちゃんだけなんだ」

「そんな……」

「あっちゃんは小さい頃から格好よくて、正義感が強くて、憧《あこが》れの存在だったよ。いつだって俺に優しかったし……そんな人が身近にいたら、好きになって当然でしょ？」

「碧は、まだわかってない」

そう言って、いきなり峻が立ち上がった。ちょうど頂上についたゴンドラがバランスを崩《くず》し、ゆらゆらと揺れる。

「うわ！」

碧は慌てて手すりにしがみつくけれど、峻は平気な表情で碧を見下ろしている。なぜか寛人も立ち上がり、少し躊躇《ためら》って、碧の隣《となり》に座った。

「俺も寛人も、碧を好きになってから、他は誰《だれ》も目に入らないんだぜ？　責任とれよ」

「せ、責任……？」

咄嗟《とっさ》に思い浮《う》かんだのは『結婚《けっこん》』――いや、それは相手が女の子の場合だろう、と自分に突《つ》っ込む。

男同士の場合、何が責任をとる行為《こうい》になるのか。

「……何とかしてやりたいけど、俺はやっぱり、二人を弟分としか見られない。上手《うま》い責任のとり方もわからない」

「簡単だよ」

横から、寛人が碧の顔を覗き込んだ。見つめる瞳《ひとみ》が、熱を帯びている。

「ゆっくりでいいから……これから、俺を好きになってくれれば」

「いや、俺だ」

峻が、身体《からだ》をゆっくりと屈《かが》めてくる。本能的に避《よ》けようとした碧は、横から寛人に強く抱《だ》き締《し》められた。

「地上に戻《もど》るまで、七分あるよ。俺の気持ち、もっと伝えたい……我慢《がまん》できない」

「見えないようにしておいてやるよ」

峻がほくそ笑《え》み、両手を碧の頭の上について、碧を自分の身体で隠《かく》すようにした。確かに外から碧は見えなくなるけれど……腕《うで》は寛人に身体ごと拘束《こうそく》されているし、暴れたらゴンドラが揺れてしまう。何より、さっきから二人の息がぴったりすぎて、逃げられない。

「ス、ストップ……ひゃ！」

いきなり寛人に耳朶《みみたぶ》を舐《な》められて首を竦《すく》めると、

「あっちゃん……」

そのまま熱っぽく囁《ささや》かれ、耳孔《じこう》に舌を差し入れられた。

「っあ……」

身体の芯《しん》に、碧の知らない導火線があるみたいだ。ゾクゾクした感覚が身体の奥へと一瞬《いっしゅん》で走り、鼓膜《こまく》が痺《しび》れたようになって……わけがわからなくなってしまう。

どうして……男同士なのに気持ち悪くないんだ？　今日は酔《よ》ってもいないのに……。

「もう感じてるんだ？　碧、耳が弱いんだな……」

「んんっ！」

反対側の耳朶を、峻が甘噛《あまが》みする。わざと水音を立てるようにして、クチュッ、クチュッと唇《くちびる》の間で嬲《なぶ》られて、たちまち下腹部が熱くなり……息が乱れる。

「あ……ふ……やめっ……」

「最初は弟分としてでもいいよ。でも、最後は俺だけのものになってよ……絶対、あっちゃんを幸せにするから」

寛人が、甘く囁く。

「早く俺に落ちろ、碧。俺が……本当の碧を目覚めさせてやる」

峻はそう言うと、実力行使とばかりに唇を重ねてきた。

う……ヤバイ。気持ちいい……。

耳を、項《うなじ》を、唇を、頬《ほお》を……二人の熱い舌がくすぐる。碧を惑《まど》わすように自在に滑《すべ》って——

どっちに何をされているのか、わからなくなる。

「やめ……ろ……」

「あと四分」

寛人がカウントダウンしながら、Tシャツの上から胸元《むなもと》を探《さぐ》る。峻も同じようにしてきて、小さく尖《とが》ったその場所は瞬《またた》く間に二人に見つけられてしまった。

「あっ……あっ……！」

爪《つめ》の先で引っ掻《か》かれただけで、ビクッと脚《あし》が跳《は》ねてしまう。峻が笑いながら碧の脚の間に自分の脚を入れ、押さえつける。明るく透明《とうめい》な密室は、四方八方どこからでも見えてしまいそうなのに……碧の身体は抵抗《ていこう》を忘れ、感じていくばかりだ。

嘘《うそ》っ……こんなことされて、でも嫌《いや》じゃなくて。むしろ気持ちいいことばかりで……どうしよう、俺もおかしい……。

「もう一周するか？　今度は俺が口でしてやる」

「嫌……だっ……」

「こんなになってて、苦しいだろ？」

峻の膝《ひざ》が、碧の脚を割って大事なところに押し当てられる。グリグリと刺激《しげき》されて、あらぬ声を上げそうになり、碧は必死に首を振った。

「わかった……二人の気持ち、充分《じゅうぶん》わかったから……も、やめろ……」

「じゃあ、俺たちのどっちかと付き合うか？」

「ぜ……善処、するっ……」

「峻、そろそろ」

「ああ」

やっと二人の唇が離《はな》れていき、碧は安堵《あんど》のあまり椅子《いす》の上でズルズルと脱力《だつりょく》してしまった。

「あと一分ってところかな」

寛人が優《やさ》しく頬を撫《な》でてくれる。

「あっちゃん、顔が赤い……ちょっと冷まさなくちゃ」

「ちょうどいい。お化け屋敷《やしき》、行こうぜ」

峻の声に抗《あらが》う元気もなく、碧は項垂《うなだ》れた。

三

蒲田独身寮《どくしんりょう》は、いわゆるバブル時代に建てられた、シティホテルのような寮だ。大理石を使ったエントランス、広い共用ラウンジ、パーティーもできる食堂と、寮らしからぬ豪華《ごうか》な仕様。八畳《じょう》ある個室は、家具やユニットバスも完備されていて至《いた》れり尽《つ》くせりとなっている。

その寮の玄関《げんかん》に——深夜、ソーッと忍《しの》び込んできた影《かげ》があった。

抜《ぬ》き足差し足で歩いて行くのは、碧だ。

週末の遊園地以来、碧は峻と寛人を警戒《けいかい》して、会わないように気をつけていた。時間をずらし、二人の現れそうなところを避《さ》け、月曜、火曜と二日連続で成功している。

いつまでもこうしているわけにはいかないと、わかってはいるのだけれど……水曜日の今日も、碧は同じように行動せずにはいられなかった。

だって……どんな顔すればいいんだ？　二人の気持ちを、最初から誤解だと決めつけたのも悪かったし……二人がかりで感じさせられたのも情けなかったし。『善処する』って言ったんだから、次に会う時までにちゃんと考えておかないと……。

ため息をつきながら、廊下《ろうか》を曲がる。

と、後ろから「あっちゃん」と聞き慣れた声に呼び止められた。

「……寛人」

「おかえり」

人懐《ひとなつ》こい笑みを浮かべた寛人は、目を伏《ふ》せた碧の前で立ち止まると、

「時間ある？　お茶でも飲まない？」

と誘《さそ》った。

「……ラウンジなら」

「警戒されてるなあ」

「当たり前だ。部屋に入れて堪《たま》るか」

寛人は苦笑《くしょう》して、「いいよ、ラウンジで」と、先に立って歩き始めた。

時間が遅《おそ》いこともあり、ラウンジには誰《だれ》もいなかった。碧が自販機《じはんき》で紙コップのコーヒーを買っている間に、寛人はもう一つの自販機で紙パックの飲むヨーグルトを買い、いくつかあるソファの一番奥に座った。

「あっちゃん、この時間にカフェイン摂取《せっしゅ》するのって、よくないんじゃないの？」

「……飲みたい気分なんだよ」

一人分、間を空けて座ろうとすると、寛人は堪《こら》えきれないようにプッと噴《ふ》き出した。

「そんなに緊張《きんちょう》しなくてもいいのに」

「誰《だれ》のせいだよ」

「俺は、あっちゃんの傍《そば》にいられるだけで幸せだよ」

碧は今日初めて、寛人の目をジッと見つめた。

「何もしないか？」

「しないよ。二日間、あっちゃんに会えなくて……凄《すご》く寂《さみ》しかったんだから」

最後は消え入りそうな声で言って、寛人が目を伏せた。

「一緒《いっしょ》にいられるだけでいいんだ。隣《となり》に……座っていい？」

「……仕方がないな」

「ありがと」

ニコッと笑って、大きな目を輝《かがや》かせる。立ち上がって碧の隣に座り直すと、また微笑《ほほえ》む。そんな素直《すなお》な反応に、碧も肩《かた》の力が抜けた。

「何だか……こうして、あっちゃんといると安心するんだ。小さい頃《ころ》から、いつもあっちゃんの後をついて歩いていたからかなあ」

「寛人、よく転んでベソかいてたよな」

「それは忘れてよ」

慌《あわ》てた表情が珍《めずら》しくて、碧はフッと笑った。

寛人は、小さい頃は引っ込み思案な性格だった。いつも碧の後ろに隠《かく》れてばかりで、碧はそんな寛人を可愛《かわい》がると同時に、いつも気にかけていた。

　そんなことを——今夜は静かに思い出せる。

「この前の歓迎会《かんげいかい》の日……最初の自己紹介《じこしょうかい》聞いていて、お前らが小学校に入った時のことを思い出したよ。あの時も俺、友だちに自慢《じまん》しまくったたっけ」

「そうだったの？　嬉《うれ》しいな」

「でも、休み時間、二人して俺たちのサッカーに混じりたいって言い出して……あれは困ったな。峻は器用だから、すぐに四年生に溶《と》け込んだけど、寛人はボールが来るたびに逃《に》げてただろ？　それでも、『あっちゃんと一緒に遊ぶ』って言い張るし」

「……あれが初サッカーだったんだ、俺」

　寛人が、幼い頃の自分を見るように、懐《なつ》かしそうに目を細めた。

　寛人は一年生にしては背が高かったのに、碧の後ろに隠れてばかりで——チーム分けをする時、碧はいつも寛人を自分のチームに引き入れて面倒《めんどう》をみていたのだ。

「そんなお前が、めきめきとサッカーが得意になって、中学からサッカー部、高校じゃスタメンで県ベスト４のキャプテンだろ？　びっくりしたよ」

「あっちゃんのおかげだよ」

　サラリと言われて、「そうなのか？」と返す。たわいのないお世辞だと思ったのに、寛人は大きく頷《うなず》いて、話し始めた。

「あっちゃんさ、俺を庇《かば》ってボールに当たって、脳震盪《のうしんとう》起こしたことがあったでしょ？」

「そうだったっけ？」

覚えていない。いや、小学生の校庭サッカーはエキサイトすることも多かったから、脳震盪の一度や二度は誰でもあるし、気にも留めていないと思う。

碧がそう寛人に言うと、寛人はゆっくりと首を振《ふ》った。

「あの時……倒《たお》れたあっちゃんを見て、俺、物凄《ものすご》く怖《こわ》かったんだ。あっちゃんは優しいから、絶対にこれからも俺を庇ってくれる。いつか本当に大怪我《おおけが》をさせてしまうかもしれない、と思ったら……ゾッとして」

「寛人……」

「俺があっちゃんを庇うくらいにならないとダメだ、って思った。あの日から俺、毎朝ランニングをして足腰《あしこし》を鍛《きた》え始めたんだ」

「え!?」

初めて聞いた。大きくなるにつれて、自然にサッカーが上手《うま》くなったのだとばかり思っていたのに……碧には何も言わず、陰《かげ》でそんな努力をしていたなんて。

「それも……俺の……ため？」

寛人が照れ臭《くさ》そうに笑う。

「小さかったから、深い考えはなかったけどね。でも……だから俺がサッカー部に入れたのも、サッカー通じて積極的な性格になれたのも、あっちゃんのおかげ」

「……」

「ありがと、あっちゃん」

寛人の大きな瞳《ひとみ》に見つめられ、碧の胸に、じんわりと温かなものが広がっていった。遊園地の時は、想《おも》われることへの戸惑《とまど》いが強かった。何もわかっていなかった自分への罪悪感もあった。

だけど今は……想われることの喜びの方が大きい。

「こっちこそありがとう。光栄だ」

碧はそう言って微笑み、ちょっと近づきすぎている寛人の額を、ピン、と指で弾《はじ》いた。

「痛っ！」

「だけど俺は厳しいぞ？　一人前になるまでに、まだ覚えることがいっぱいある」

「……峻より早く覚えたら、俺を好きになってくれる？」

「あのな」

苦笑すると、寛人は更《さら》にひたむきな目を向けてくる。

「そうだ。今日、支店でわからなかったことがあるんだ。教えて欲しいんだけど」

「感心だな。でも、もう遅いぞ？」

「お願いします！」

頭を下げられて、断れるわけがない。碧は「よし」と張り切って立ち上がった。

「そういうことなら、俺の部屋に来い」

「ありがとう！　やっぱりあっちゃんは優《やさ》しいね」

「……勉強だけだぞ」

軽く念を押すと、寛人も「わかってるって」と笑った。

「だからこの場合、住宅ローンの元金に対して、利息が……」

碧が電卓《でんたく》で叩《たた》き出す数字を、寛人は熱心にノートに写し取っている。ヒントを与《あた》えただけですぐに理解するところは、さすがだ。

「以上、そんなところかな。わかったか？」

「うん、完璧《かんぺき》。やっぱり、あっちゃんの教え方が一番よくわかる」

寛人は嬉しそうに頷いてノートを閉じ、ペンをローテーブルの上に置いた。

「新人の間でも、あっちゃんの評判、凄くいいんだよ。仕事もできるし、優しいし、格好いい。支店にあんな先輩《せんぱい》がいたらいいのに、って」

「そんなに褒《ほ》めても、何もないぞ」

「えー」

わざと唇《くちびる》を尖《とが》らせる表情が可愛い。峻が一緒にいないからだろうか、小さい子どものように甘えてくる。

「さ、もう寝《ね》ろ。明日《あした》も早いだろ」

手を伸《の》ばし、ローテーブル越《ご》しに寛人の髪《かみ》をクシャッと撫《な》でると、

「……俺さ」

と、寛人がまだ微《かす》かに駄々《だだ》っ子の顔で続けた。

「俺、あっちゃんがみんなに褒められるのは嬉しいんだけど……正直、誰かに盗《と》られるんじゃないかって気が気じゃないんだ」

「どうしてそうなるんだよ。俺なんか誰も盗らない……」

「他《ほか》のことなら落ち着いて考えられるよ。だけど、あっちゃんのことになると我慢《がまん》できない」

「そこは我慢しとけ」

笑って離《はな》そうとしたその手を、寛人が強く摑《つか》んだ。

「あっちゃん、俺と峻のこと、幼なじみとして同じくらいに想ってくれてるよね。それも……嬉しいけど嫌《いや》だ」

さっきとは、温度の違《ちが》う瞳。ドキッとしたのは、上手く隠せただろうか。

「……離せ。勉強だけだって言っただろ？」

「俺を選んで。俺だけにして……お願いだ、あっちゃん」

手を握《にぎ》り、視線を強く絡《から》ませたまま、寛人がもう片方の手でローテーブルを荒々《あらあら》しく押しやる。中腰《ちゅうごし》になった寛人は、身長差以上に大きく見えて——。

……っ！

みぞおちがヒヤリとして、思わず目を瞑《つむ》りそうになる。だが次の瞬間《しゅんかん》、腰にきた衝撃《しょうげき》に、碧はハッ、と目を開けた。

背中に回された強い腕《うで》、腹に埋《うず》もれた頭。寛人が碧に抱《だ》きついているのだ——まるで、碧が

遠くへ行ってしまうのを引き留めるような必死さで。

「あっちゃん……好きだ」

くぐもった声でそう言って、寛人は駄々《だだ》っ子のように、腕にギューッと力を込めた。

何だ、これ……。かっ……可愛《かわい》い……反則だろっ！

バクッ、バクッ、と耳の奥で熱い血が脈打つ。このまま寛人を抱き締《し》め返したい衝動《しょうどう》に駆《か》られて、焦《あせ》る。

自分より大きな男が、こんなに可愛く思えるなんて。無心なその姿が、ずっと見ていたいと思うくらい愛《いと》しいなんて。

「やめ……離れろっ」

掠《かす》れた声は、酷《ひど》く弱々しい。自分でも顔を背《そむ》けてしまうほどだ。

「だったら……俺だけにしてくれる……？」

「ひろ……約束が、違っ……」

「あっちゃんを幸せにする。世界で一番大切にするから……だから、俺だけを見て」

腕にまた力がこもり、背中が軋《きし》む。小さく呻《うめ》き声を上げると、僅《わず》かに腕が緩《ゆる》み、顔を上げた寛人が切羽《せっぱ》詰《つ》まった表情で訴《うった》えた。

「こうしているだけなら、いい？　あっちゃんに触《ふ》れていたい」

「っ……寛人……」

「何もしないから。お願い」

……どうしよう。これ以上何もしないなら……嫌じゃないし、抱きつかれるくらい減るモンでもない。だけど、エスカレートしたら……。

今までみたいに峻と二人がかりの時とは違う――イエス、ノーを言える状態にあるだけに迷う。例えば……イエスと言うと、どこまで許すことになるのだろうか。

う……困る。どこまでよくて、どこから嫌だなんて……わからないよ。そもそも、嫌なところなんて……。

嫌なところなんて、ない。

寛人に触れられて、嫌なところなんて一つも……。

そのことに気付いて、碧はサッと赤くなった。

俺……今、何を……？

「何を考えてたの？　あっちゃん」

「何も……」

「嘘《うそ》。俺のこと考えてた。俺のことだけで頭がいっぱいだった……だよね？」

嬉《うれ》しそうな声で言いながら、碧を上目《うわめ》遣《づか》いに見つめてくる。寛人のその瞳に、嘘なんかつけない。

碧は深々とため息をついて、肩《かた》の力を抜《ぬ》いた。

「……そうだよ。お前が俺のこと引っ掻《か》き回すから……訳わかんないよ」

「俺に落ちそうってこと？　だったら嬉しいんだけど」

「わからない。お前に触《さわ》られて……嫌じゃないんだ。だけど、それが恋愛感情《れんあい》だっていう自信がない。頭の中がこんがらがって、いくら考えても全然……こんなの初めてだ」

正直な気持ちを言うと、寛人の手が、何かを確かめるように背中で蠢《うごめ》いた。

切ない吐息《といき》が、臍《へそ》の少し上をくすぐる。それだけで、ワイシャツの下の肌《はだ》がいつかの愛撫《あいぶ》の記憶《きおく》を蘇《よみがえ》らせそうで——碧は小さく息を呑《の》んだ。

「ごめん、混乱させて」

寛人がポツリと言った。

「あっちゃんが欲しくて、欲しくて……俺、焦っていたかもしれない。あっちゃんを困らせていたね、きっと」

辛《つら》そうな声に、碧まで同じ気持ちになる。

「寛人のせいじゃない。俺もいけないんだ。俺も……」

「今までのこと、許してくれる？」

「……許すも何も、俺、怒《おこ》ってないから」

「本当？」

「びっくりすることばかりだったけど、俺は……お前たちのこと、別に嫌《きら》いじゃ……」

碧が口ごもると、寛人はもう一度腕に力をこめてから、碧から離れた。

「何もしない。その方が、あっちゃんが俺だけを好きになってくれる気がする」

「寛人……」

顔を見合わせて、笑う。寛人と新しい繋《つな》がりができたみたいで、碧は心がフワリと温かくなるのを感じた。

「こういうのも楽しいね。あっちゃんと共犯者みたいで」

ありがとう、おやすみなさい、と寛人はノートを手に部屋を出て行った。

ドアを閉めてもまだ、寛人のほんわかした笑顔《えがお》が見えるようで、自然と笑みが零《こぼ》れる。

……よかった。寛人とは気持ちが通じそうだ。問題は峻だけど……。

と、ローテーブルの上でスマホがブルブルと振動《しんどう》した。

峻からのメールだ。支店の飲み会で遅《おそ》くなって門限を過ぎること、三十分後に玄関《げんかん》を中から解錠《かいじょう》して欲しいことが、書かれている。

「アイツ……新人のくせに門限破りとは、いい度胸だ」

門限といっても、内側から開けてもらえば入れる、名ばかりのものだ。だけど新人が先輩に開けさせるなんて、聞いたことがない。峻の教育を任《まか》された身としては、ちゃんと注意してやらなくては。

もしかして……こんなに遅くなるなんて、支店の女の子といきなり上手《うま》くいったとか？　羨ましい……じゃなかった、新人のくせに生意気だ！

これは開けてやるついでに説教だ、と意気込む。もう遅いので、サッと風呂《ふろ》を済ませてから、碧は玄関へ向かった。

五分ほど早いはずだが、玄関ホールの外にはもう峻が待っていた。飲み会帰りと言っても、ピンと伸びた背中には少しの隙《すき》もない。

「ただいま、碧」

碧が鍵《かぎ》を開けてやると、峻は全く悪びれない表情で入ってきた。

「……ただいま、じゃないだろ」

「ありがとう、か。とにかく助かった」

「お前さ、成績いいからって気が緩んでないか？　寛人はちゃんと、業務の質問をしに俺の部屋にきたぞ」

思わず説教モードになると、峻が立ち止まって碧を見下ろし、僅かに目を細めた。

フーッと息を吐《は》き、ネクタイの結び目に指を差し入れて緩める。酒の臭《にお》いと、漂《ただよ》う微《かす》かな疲《ひ》労感《ろうかん》――峻でもそんな男臭《くさ》い顔をするのかと、ちょっとドキッとする。

「支店の先輩《せんぱい》が酔《よ》いつぶれちゃってさ。タクシーで送ってきたんだ」

「あ……そうか、ごめん。俺はてっきり」

「何？　女、口説いてるとでも思った？」

一歩近づいて、楽しそうに口角を上げるから、ムッとする。

「俺がそんな軽い男に見えるか？　傷付くな」

「峻がちゃんと説明しないからだ。余計なこと……考えちゃっただろ」

「何、余計なことって。エロいこと？」

もう一歩、峻が碧に近づく。

「……もういい。おやすみ」

「待てよ」

押し退《の》けようとした碧は、進行方向に同時に出てきた峻に邪魔《じゃま》され、逆に玄関の壁《かべ》の方に追い詰《つ》められてしまった。

「っ……どけ」

「聞き捨てならないんだけど。寛人が部屋に来たって？」

「……」

至近距離《きょり》にある瞳《ひとみ》の、感情が読めない。怒っているような、笑っているような……つかみ所のなさに不安になり、無意識に目をそらしてしまう。

「気まずい、って顔だな」

ギクリとした横顔に、今度は嬲《なぶ》るような視線を感じる。静かな怒《いか》りが伝わってきて——峻の脚《あし》が、碧を壁に押しつけるように動いた。

「峻っ……！」

「部屋で二人きりで、何をしてた？」

「なっ……何も。ヘンなこと言うな」

「寛人とヤったのか」

言葉より先に、手が出た。

ひりつく手のひらに、自分が峻の頬《ほお》を叩《たた》いたのだと知る。

峻は表情を変えず、薄《うす》く笑っている。

「俺がちょっと目を離《はな》した隙に。碧は顔に似合わず淫乱《いんらん》だな」

「……そんなんじゃない。寛人はお前とは違《ちが》う」

峻が、僅《わず》かに表情を揺《ゆ》らした。

「寛人は……俺の気持ちをわかってくれる」

「碧のことは、俺が一番よくわかってる」

峻は自信たっぷりに言うと、咄嗟《とっさ》に逃《に》げようとした碧の肩を、両手で壁に押しつけた。

「！」

唇《くちびる》に——荒々《あらあら》しく噛《か》みつかれる。僅かな酒の味さえも感じさせないほど、峻の舌が激しく押し入って碧を蹂躙《じゅうりん》し、黙《だま》らせる。

まるで怒りをぶつけるようなキス。深夜とはいえ、いつ誰《だれ》が通るかわからない場所だから、下手《へた》に騒《さわ》ぐこともできない。それをいいことに、峻は碧の前髪《まえがみ》を指先で掻き上げ、キスの角度を変えて顔を露《あら》わにしてしまう。

「ほら、もうエロい顔」

「っ……峻、やめっ……！」

荒い息の下、逆光で顔の見えない峻が囁《ささや》いた。

「無意識に誘《さそ》ってるとしか思えないな」

「誰……が……」

「歓迎会《かんげいかい》の夜、俺に意地悪されると反応がよかった。碧は、本当は俺みたいな男に虐《いじ》められたいんだよ」

……俺が？　虐められたい？

意味がわからなくて聞き返したいと思うのに、言葉を発する暇《ひま》は与《あた》えられなかった。

「う……っ……」

絶え間なく唇を塞《ふさ》がれながら、Ｔシャツの上から乳首《ちくび》を抓《つね》られる。痛み混じりの官能に顔を歪《ゆが》め、苦しい息を繰《く》り返しながら、頭の中が疑問符《ぎもんふ》でいっぱいになる。

峻……何を言っているんだろう？　峻に虐められたいなんて、考えたこともないのに……。

集中しろと言わんばかりに、峻が舌を強く絡《から》ませてくる。痛みに目を瞑《つむ》るけれど、容赦《ようしゃ》はない。血が出るかと思うほど歯を立てられて、悲鳴を押し殺す。

痛い……怖《こわ》い。嫌《いや》だ、こんなの……！

「泣け、碧」

聞き間違《まちが》いかと思って、碧は瞼《まぶた》を上げた。

「泣けよ。俺の前で」

反射的に首を振《ふ》ると、峻はクスクス笑いながら碧の首筋に顔を埋《うず》める。熱い舌に頸動脈《けいどうみゃく》を舐《な》め上げられてビクンと仰《の》け反ると、また笑う。

「可愛《かわい》い泣き顔を見せろ……俺だけに」

「俺は……泣か、ないっ」

「……それでこそ碧だ。碧が強がれば強がるほど、俺は……」

と、食堂の方から誰かの足音が聞こえてきた。

「！」

峻の腕《うで》が緩《ゆる》んだ隙に、突《つ》き飛ばす。そのまま顔も見ずに、踵《きびす》を返して碧は走った。

……何なんだっ……何がしたいんだ。どうして俺を泣かせることにこだわってるんだ？　泣き顔なんて、峻に一度も見せたことないのに……。

部屋《ひど》に飛び込み、ベッドに倒《たお》れ込む。激しい愛撫《あいぶ》に唇は熱を持ち、息も上がっていて、全身が酷《ひど》く疲《つか》れている。

そして身体《からだ》の奥――快感のスイッチは、峻に入れられてしまったままだ。

クソッ……。

碧は両手で顔を覆《おお》って、峻の唇の熱さを忘れようと必死になった。

悔《くや》しく理不尽《りふじん》な想《おも》い――そこに、峻の言葉の真実を知りたい、もっと話を聞きたいという気持ちが混じり合う。他《ほか》の人間ならこんなこと許さないけれど、峻のことだからどうしても気になる。全部知りたい……知らなければ。

寛人の与えてくれる安堵《あんど》と、峻に与えられた不安。どちらも碧のキャパシティーを超《こ》えていて、一人では抱《かか》えきれなくて。

混乱したまま、碧は眠《ねむ》りについた。

　翌朝。

「あっちゃん、おはよう」

「……おはよう」

　碧が食堂へ行くと、寛人がテーブルに朝食のトレイを二つ並べて待っていた。

　昨夜、碧が心を許したからだろう、やたらと嬉《うれ》しそうな表情だ。大きな身体の向こうに、ブンブン振っている尻尾《しっぽ》が見えるようで微笑《ほほえ》ましい。

「一緒《いっしょ》に食べよ？」

「ああ」

　隣《となり》に座ろうとした碧は、その時、食堂に峻が入ってきたのに気付いた。

「っ……！」

　昨夜の混乱が蘇《よみがえ》ってしまい、思わず俯《うつむ》く。峻に話しかけられるのが怖いなんて、初めてだ。

　それに——寛人と仲良くしているのを見られたら、また何かされてしまいそうで。

「ごめん、寛人。やっぱり、あっちのテーブルで食べる」

「え……あっちゃん？」

　一番奥のテーブルに座って顔を上げると、寛人が寂《さみ》しそうにこっちを見ている。

　そしてトレイを手にした峻は、寛人と短く言葉をかわした後、酷く無遠慮《ぶえんりょ》な視線を碧に向けながら近づいてきた。

「寛人と仲良くなったっていうのは、本当なんだな」

「……いいだろ、別に」

「ああ。俺は俺のやり方がある」

峻はそう言ったきり、寛人とも碧とも離れたテーブルについて、朝食を食べ始めた。

幼なじみの三人が——傍《そば》にいるのに遠い。こんな風になってしまうなんて、あの歓迎会の時には思ってもみなかった。

嵐《あらし》の前の静けさが、三人の間に満ちていた。


しばらくは、何事もなく時間が過ぎていった。

碧は峻を警戒《けいかい》していたが、峻は寮《りょう》で時々擦《す》れ違うくらいで、何も言ってこなかった。

寛人とは朝晩、ラウンジや食堂で穏《おだ》やかな会話を楽しむようになった。それは以前とは違う、近いというより密な距離《きょり》感《かん》を、二人の間に生み出していた。

幼なじみという枠《わく》を、寛人は少しずつ無理なく壊《こわ》している——賢《かしこ》い寛人のことだから、それは計算ずくなのだろう。だけどそれが、今の碧には心地《ここち》よかった。大切にされている、愛されているという実感が、日に日に強くなっていく。

だけど、自分が寛人を『好き』なのかどうかは……よくわからなかった。そしてやはり、峻のことも気になって仕方がなかった。

そんなある日。

碧は、以前から約束していた通り、権東建設の社長室にいた。

「新プロジェクトですか！」

「ああ。社運をかけた事業になる。相当な資金が必要だな」

社長の権東が、声をたてて笑う。碧は、これは大きな融資《ゆうし》に繋《つな》がると、ワクワクしながらソファから身を乗り出した。

「ぜひ、詳《くわ》しくお話を聞かせて下さい！」

「それなんだがね」

権東が、顔を碧の方へ近寄せた。

「実はこの話、他の銀行にはまだ内緒《ないしょ》でね。おたくだけだ」

「え……？」

「片平くんには、一番早く教えてあげたくて」

「本当ですか？」

「いつも頑張《がんば》ってくれているからね。経理課長が褒《ほ》めていたよ。あとは……」

権東の日焼けした手が、碧の肩《かた》をトンと叩《たた》いた。

「社長の特権」

「ありがとうございます！」

足繁《あししげ》く通った甲斐《かい》があった……と、喜びを噛み締《し》めながら、深々と頭を下げる。

権東は満足そうに頷《うなず》き、ソファの背もたれに身体を預けて脚《あし》を組んだ。

「今日、話せるのはここまでだ。こっちも取締役会《とりしまりやく》のスケジュール等、あってね。焦《じ》らしているわけじゃないんだが、条件が出揃《でそろ》うまでもう少しかかる」

「わかりました。お待ちしている間に、準備を整えておきますので」

「頼《たの》もしいね。じゃ、次回また」

「よろしくお願いします！」

立ち上がった権東に礼をすると、権東はずっと同席していた美人の女性秘書から次のスケジュールの説明を受けながら、目を細めて碧を見た。

「片平くんは、これから銀行に戻《もど》るの？」

「はい」

「じゃ、一緒に下まで降りよう」

「ご一緒させて頂きます」

重い鞄《かばん》を片手に、権東の後について社長室を出る。エレベーターが来て乗り込んだところで、権東がふと、ついてこようとした秘書に言った。

「ちょっと忘れ物をした。デスクの上の茶封筒《ちゃぶうとう》だが、私は先に降りているから、持ってきてくれるか」

「かしこまりました」

秘書がしとやかな礼と共に出て行き、エレベーターの中は権東と碧の二人きりになる。ドアが、静かに閉まる。

「それで、だ。君の気持ちはどうかね？」

「はい？」

ドアのところに立っていた碧は、微笑んで権東の方へ顔を向けた。

「君自身は、どう思っている？」

「えっと……何のお話でしょう」

戸惑《とまど》う碧の肩を、一歩近づき、権東が抱《だ》いた。身長は碧の方が高いが、身幅《みはば》のある権東は意外に力が強い。息がかかるほど近くで、「君次第《しだい》だ」と囁《ささや》く。

……俺……次第？　何が？

不思議に思って首を傾《かし》げると、権東が腹に一物も二物もある笑《え》みを浮《う》かべながら、碧の頰《ほお》に触《ふ》れた。

「！」

碧が硬直《こうちょく》すると同時に、まだ一階ではないのに突然《とつぜん》ドアが開く。

「こんにちは、先輩《せんぱい》」

権東の腕《うで》に捕《と》らわれたまま、声のした方を見た碧は、更《さら》に固まった。

……峻……!?

権東が、わざとらしい咳払《せきばら》いをしながら碧から身体《からだ》を離《はな》す。峻は愛想《あいそ》のいい笑みを浮かべて権東に一礼すると、碧に妙《みょう》に他人行儀《たにんぎょうぎ》に話しかけた。

「偶然《ぐうぜん》ですね。俺、支店のお使いで、このビルに来ていたんです。先輩のエリアだな、と思ったけど、本当に会えるなんて」

「あ……ああ。凄《すご》い偶然だな」

ぎこちなく答えていると、すぐにエレベーターが一階で止まった。

「……社長、どうぞ」

「ああ。じゃ、片平くん、また」

「失礼します」

一礼をして、肩の力を抜《ぬ》く。

……何かよくわからないけど、助かった……。峻にも礼を言わないと。

そして、振《ふ》り返りながらエレベーターから踏《ふ》み出そうとした碧は、腕を摑《つか》まれて凄い力でエレベーターの中へ引き戻された。

「っ!」

「碧……隅《すみ》に置けないな」

目の前でドアが閉まり、エレベーターが上昇し始める。背後にピタリと密着した身体は——峻だ。

みぞおちが、何かの予感にゾクリとした。

「取引先の社長? 親しそうだったけど、どういう関係?」

「……別に、何でも」

「何でもない男に、肩組ませたり、触《さわ》らせたり？　枕《まくら》営業ってやつか」

「バカ！　そんなんじゃない！」

力一杯《ちからいっぱい》否定したところで、ドアが開いた。

「ちょ、峻……どこへ」

峻が、碧の腕を掴んでズンズンと進んでいく。この階は複数の会社が入ったフロアで、奥は空きテナントのようだ。その突《つ》き当たりのトイレの奥まった個室に、峻は碧を押し込めた。

「峻っ……」

奪《うば》われた鞄は、峻の鞄と一緒《いっしょ》に棚《たな》の上に。振り返る前に背後から峻が密着して壁《かべ》に押しつけてきて、碧の自由を奪う。

「さっき来たフロアなんだ。ここなら滅多《めった》に人は来ない」

「どういうつもりだ！」

「どういうって……お仕置き？」

「おし……!?」

言っている意味がわからない。だけどとにかく、峻は怒《おこ》っている。平静を装っていても、碧にはわかる。

……ヤバイ、このままじゃまた好きなようにされる……！

何とか峻から離れようと身を捩《よじ》るけれど、しっかりとくっついた身体は離れない。そして背後に気を取られている間に、碧の両手首は前でひとまとめに縛《しば》られてしまった。

「他《ほか》の男に色目を使った罰《ばつ》だ」

「使ってない！　これ……ネクタイ、解《ほど》けよっ！」

「ダメだ」

峻は楽しそうに言い放ち、背後から回した手でカチャカチャと音を立てて、碧のベルトを外しにかかった。

「！　やめろ！」

「碧が泣いたら、そこでやめてやる」

欲情《よくじょう》に掠《かす》れた声で囁かれ、首筋にネットリと口づけられる――後ろからだから、顔がよく見えない。まるで知らない男に襲《おそ》われているようで、碧の中に初めて恐怖《きょうふ》心が芽生えた。

逃《に》げよう。逃げ……っ！

だが、狭《せま》い個室では身体を反転させることすら不可能だ。必死に抵抗《ていこう》しようとする碧を難なく押さえつけ、峻の手が『お仕置き』を始めた。

ズボンとボクサーブリーフをずり下げられて、露《あら》わになった性器に指を絡《から》められる。それだけで快感が呼び起こされてしまい、血流が下腹部にカッと集まる。

碧の変化など知り尽《つ》くしているというように、峻の手が先端《せんたん》から根元まで何度か優《やさ》しく扱《しご》く。

焦れったさに、つい身じろぎをすると、宥《なだ》めるように項《うなじ》に一つキスをして……峻の手が急《せ》かすように動き始めた。

「っう……あ……」

歓迎会《かんげいかい》の夜とは違《ちが》って、今日の碧は素面《しらふ》だ。それなのにもう、アルコールに似た酩酊《めいてい》成分が身体中を駆《か》け巡《めぐ》っている。

「もう硬《かた》くなってきた」

「はぁっ……は……やっ」

「気持ちいいんだろ？」

クスッと笑われ、先端を潰《つぶ》すように弄《いじ》られる。痛みと羞恥《しゅうち》に内股《うちまた》に力が入ると、峻の脚に腿《もも》を割られて閉じられないようにされてしまう。

「やめ……て、くれっ……」

「まだそんなこと言うのか？　ココはこんなに正直なのに」

力なく首を振るが、確かに峻の巧《たく》みな指に遊ばれているそれは、自分でする時よりもずっと硬くそそり立っている。

どうして……。男同士なのにこんなに感じるなんて、俺もおかしいっ……。

言い訳できない反応が情けなく、恥《は》ずかしく、本当に泣きたくなってくる。追い詰《つ》めるように、峻の動きが速く複雑になる。

う……これ以上されたら……。

碧が快感に向かって走り始めた途端《とたん》、峻の左手が括《くび》れをギュッと握《にぎ》り締《し》めた。

「痛っ……！」

「まだイかせない」

「!?」

「手が邪魔《じゃま》だ」

胸のところで壁についていた手を持ち上げられ、頭上の壁に押しつけられる。縛《いまし》めは少しも緩《ゆる》められない――碧の腰《こし》は、解放を求めて震《ふる》えるばかりだ。

「しゅ……んっ……」

「ここからが本番」

「んぅ……はぁ、んっ」

悪戯《いたずら》な右手が、ワイシャツの裾《すそ》から入って脇腹《わきばら》をゆっくりと撫《な》で上げた。ゾクゾクと痺《しび》れるような感覚が背中を走り、意図せず喘《あえ》ぎ声が漏《も》れる――これから何をされるか、簡単に予想できてしまう自分を呪《のろ》いたい。

峻の指先が薄《うす》い腹を這《は》い上がり、胸の周囲を撫でている間にも、堰《せ》き止められたままの欲望《よくぼう》ははしたなく膨《ふく》れ上がって……。

ソッと乳首《ちくび》に触《ふ》れられた瞬間《しゅんかん》、みっともないほど全身が震えた。

「あ……っ!!」

肌《はだ》という肌の感度が一気に上がる――峻の指が、声が、優しく理性を壊《こわ》していく。

「ここ、好きなんだろ?」

「好き、じゃ……な……」

「嘘《うそ》つけ。今にもイきそうな顔して」

明らかにいつもと違う硬さ——コリコリと指先で転がしながら、耳朶《みみたぶ》を舌で嬲《なぶ》りながら、恥ずかしいことばかり言うのはやめて欲しい。

碧は達する寸前で身悶《みもだ》え、声を殺して喘ぎ、頭の中がイきたいという欲求《よっきゅう》だけでいっぱいになっていく。ギリギリまで満たされた欲望は、あと一滴《いってき》で溢《あふ》れてしまいそう……。

「も……ぉ……やめ……」

「だったら、泣けよ」

手指の位置はそのままに、峻の動きがピタリと止まった。

「あ……うっ……」

項に熱い息が吹《ふ》きかかるだけで、限界まで顎《あご》が上がる。焦《じ》らされ、それを観察されているのがわかっていても、狂《くる》おしさにウズウズと腰が揺《ゆ》れてしまう。そんな物欲しそうな仕草にも、峻は喉《のど》の奥で笑うだけだ。

「泣け、碧。イきたいって……イかせてくれ、って泣け」

「嫌《いや》……だ……」

「意地っ張りだな。腰、自分で振《ふ》ってるくせに」

「何っ……で……。お前らに、泣き顔……見せたこと、ない……のにっ……」

「だからだ。碧は、俺たちのせいで泣きたい時に泣けなかった」

え……泣きたい時に……？　そんなこと、あったっけ……。

記憶《きおく》を探《さぐ》ろうとする碧を邪魔するように、峻の舌が項を這う。

「……はぁっ……ぁん……」

「俺が、碧の身体《からだ》を変えてやる。俺の前でだけ、素直《すなお》に泣けるように」

「どうい……う……意味……？」

「ここじゃ、言えない」

甘い声で笑った男が、乳首を殊更《ことさら》にゆっくりと撫でる。

普段《ふだん》、存在すら意識しないその場所が、まるで一皮剝《む》けたかのように過敏《かびん》になっていて――碧は掠れた悲鳴を上げながら、ビクビクッと痙攣《けいれん》した。

「残念。もう限界か」

ここがヌルヌルだ、と左手の指先で尿道口《にょうどう》を割り開くように辱《はずかし》めてから、やっと峻の左手が上下に動き始めた。

「あ……峻……しゅ……んっ……」

「今夜、俺の部屋に来い。碧が知りたいこと、全部教えてやる」

「う……ぁ……ぁ……」

「碧がボロボロになるまで酷《ひど》いことして、泣かせて、俺のものにする……わかったな？」

「ん、んっ……あ……あぁっ！」

逃げるなよ、という言葉を聞いたのが最後で――碧は無機質な壁《かべ》に向かって吐精《とせい》すると同時に、意識を失った。

支店に戻《もど》った碧は、権東建設の書類を作りながら、ふと時計を見上げた。

……今夜か。どうしよう……。

気を失っていたのは、おそらく数秒のことだった。気付いたら便器の蓋《ふた》の上に座らされて、峻が服を整えてくれているところだった。

まだ呆然《ぼうぜん》としている碧を、峻はビルの一階にあるコーヒーショップに連れて行くと、奥のソファ席で温かいカフェラテを飲ませてくれた。

『悪い、急ぐから』とクールな表情で立ち去った男からは、淫《みだ》らな行為《こうい》に耽《ふけ》った名残《なごり》は見られなかったけれど——碧は峻が行ってしまって二、三分してからやっと、自分がクシャクシャのネクタイを握りしめていることに気付いた。

……お使い先でネクタイをなくすなんて、支店でどう言い訳しているんだろう。しっかりしていると言っても、まだ新人なんだ……詮索《せんさく》されて困ってないかな。大丈夫《だいじょうぶ》かな。

そんな心配をするなんて、自分でも相当なお人好《ひとよ》しだと思う。だけど、峻が困っているなら無条件で助けてやりたいと思うのは本当だ。それが自分にとって、更《さら》に不利な状況《じょうきょう》を招くとしても。

厳格すぎる両親の下、甘え方を知らずに育った——それが峻だ。

いい成績をとることだけを求められ、子供らしい愛情を拒否《きょひ》されてきたらしい。幼なじみの三人は、碧と寛人の家にはよく出入りしていたが、峻の家には数える程《ほど》しか上がったことがない。碧の知る限り、峻が自分から親の話をしたこともなかった。

……本当はいいヤツなのに、感情表現が下手《へた》なんだ。だから、優秀《ゆうしゅう》なのに冷たく見られて損をする。どんなに酷いことをされても、やっぱり放《ほう》っておけない……。

他人に厳しく、自分には厳しすぎるくらい厳しい。疎《うと》まれることもあれば、孤立《こりつ》することもあったと聞く。それでも冷静で意志が強い峻は、どんな場面でも堂々と実力を発揮してきた。

碧は決して自惚《うぬぼ》れているわけではないが、時に不安定な峻のバランスを敏感《びんかん》に感じ取り、サポートしてきたと自負している。峻も、それはわかっているはずだ。

そんな峻が――碧を泣かせることに、こんなにも執着《しゅうちゃく》しているのはどうしてだろう。

……泣きたい時に泣けなかった、って……何のことだろう。自分のことなのにわからないなんて、気になる……知りたい。

支店に戻ってからも、峻の言葉が頭から離《はな》れない。だけど、何があったか思い出せない。もしかして……それが原因で、峻があんな鬼畜《きちく》になってしまったんだろうか。だとしたら、何もかも俺のせいじゃないか？　どうしよう……。やっぱり、峻に話を聞くしかない。

居ても立ってもいられなくなる。いつもより早く帰ろうと、碧は書類の作成に集中した。

峻の部屋のドアをノックすると、返事もなくドアが開いた。

「遅《おそ》かったな」

「……」

「入れば？」

口調はいつもより優《やさ》しいが、空気はピリリと張り詰めている。

「……これ」

丁寧《ていねい》に皺《しわ》を伸《の》ばしたネクタイを差し出すと、峻の表情が少しだけ柔《やわ》らかくなった。

「サンキュ」

「そんなに本数、持ってないだろ。大丈夫か？」

「就職祝いにネクタイばかり貰《もら》ったから。支店のロッカーにも、まだ予備がある」

「そ、か。ならいいんだけど」

心の中で、心配して損した……とため息をつくけれど、本題はそんなことじゃない。

碧は姿勢を正して、峻の目を真っ直《す》ぐに見た。

「俺が泣くとか泣かないとか……お前の言っていることが全然わからないんだ。どうしても気になるから教えてくれ」

「じゃあ、部屋に入れよ」

「それは……」

「往生際《おうじょうぎわ》が悪いな」

人を食った笑《え》みを浮《う》かべて、峻がドアを大きく開ける。

部屋に入ったらきっと、峻の辱めに屈《くっ》してしまう。峻が言っていた「ボロボロになるまで酷いこと」をされて、ついには本当に泣いてしまうのだろう。

それがわかっていて部屋に入るなんて……愚《おろ》かだ。

本当に、愚かだ。

「……わかった」

腹を括《くく》り、毅然《きぜん》と顔を上げて、碧は部屋に入った。

黒で統一されたシンプルなインテリアが、峻らしい。会計士試験の勉強中だったらしく、机の上には分厚い本が開かれ、筆記用具が散らばっている。ベッドには、やはり黒のベッドカバー。ドアに鍵《かぎ》をかけた峻が、その上に座って碧を眩《まぶ》しそうに見た。

「さすが男らしいな」

「……俺は逃《に》げない」

「それでこそ碧だ」

「話してくれるよな？」

峻が頷《うなず》いて、「座れば？」と自分の横をトントンと叩《たた》く。少し躊躇《ためら》ってから、碧も並んで座る。

沈黙《ちんもく》の後、口火を切ったのは、峻だった。

「碧のお父さんが亡《な》くなった時」

「……」

「碧は中三だっただろ？　俺たちが小六」

碧が熱を出した日――つまり二人にファーストキスを奪《うば》われた時から二週間後、碧の父は帰らぬ人となった。

父は、地元の信用金庫に勤める実直な人だった。真面目《まじめ》で、人一倍働き者だったらしい。碧が小学三年生の頃《ころ》に最初の癌《がん》が見つかり、以後、入退院を繰《く》り返していたから、碧の記憶の中の父はいつも入院着姿だ。

「お葬式《そうしき》の時、碧は気丈《きじょう》にお母さんを支えていた。その姿を見たら涙《なみだ》が出てきて……俺も寛人も、お葬式で大泣きして」

「そうだったな……」

その時の情景を思い出し、胸が熱くなった。

峻と寛人は、知らない人が見たら碧の兄弟かと勘違《かんちが》いするほど、嘆《なげ》き悲しんでくれた。碧はそれを見て、自分には確かな味方がいるのだと――嚙《か》み締《し》めたのだ。

「あの時、碧は『お前らがいてくれてよかった』って……本当は碧の方が辛《つら》いのに、ずっと俺たちを慰《なぐさ》めてくれて」

「……」

「俺たちがガキだったから、碧は泣くに泣けなかった。俺があの時もう少し大人だったら……碧の辛さを全部受け止めて、泣かせてやれたんだ」

「えっ……」

「俺のせいだ」

峻が、悔《くや》しそうに唇《くちびる》を噛んだ。

この完璧《かんぺき》な男が、何かを後悔《こうかい》するところを——碧は初めて見た。

「碧を泣かせたい。俺の前で……俺の胸の中で。そう思うようになったのは、あの時からだ」

「まさか……俺を泣かせたいって……じゃあ」

驚《おどろ》きを隠《かく》せない碧に、峻は少年のように澄《す》んだ瞳《ひとみ》を向けた。

「いつだって俺たちの前では強がって。格好いい、完璧なお兄ちゃんで。だけど本当は……」

言葉を句切り、碧の頬《ほお》に優しく触《ふ》れる。

「碧だって、思い切り泣きたい時がある……そうだろ？」

クールだとばかり思っていた男が、本当は誰《だれ》よりも温かいハートを隠して寄り添《そ》ってくれていたことに——碧は初めて気付いた。

峻が、そんなことを考えていたなんて。いつの間にか、碧を精神的に支えようと思ってくれていたなんて。

……でも。

「ちょっと待て。普通《ふつう》ならそこで、俺に優しくする、ってならないか？　どうして泣かせる方向へ行くんだよ」

峻の秘《ひ》めた優しさは理解できた。だけど、そこからどうして碧を辱《はずかし》めたり虐《いじ》めたりという鬼畜な行為《こうい》に発展するのか。理解不能だ。

峻はニヤリと笑って、碧の頬から顎《あご》の方へ、ゆっくりと指を滑《すべ》らせた。

「碧は、絶対に泣き顔を見せない。そう気付いてから、どうやって泣かせるかばかり考えていた。いろいろ試《ため》したよ……碧が苦手そうなことを頼《たの》んだり、碧が困るシチュエーションをわざわざ作ったり、俺が無茶《むちゃ》して心配させてみたり」

「お前……まさか……」

今まで碧を悩《なや》ませてきた峻の無茶な言動は……全《すべ》て碧を泣かせるためだったというのか。一気に疲労感《ひろうかん》が押し寄せてきて、碧はガクリと項垂《うなだ》れる。

「でも碧は、いつも笑って、何でもやり遂《と》げてくれた。見た目だけじゃなくて、中身もイケメンだったよ」

「……当たり前だ。お前の前で、『できない』なんて言えるか」

「普通のことじゃ、碧は絶対に泣かない。じゃあ普通じゃない、アブノーマルなことだったら泣くんじゃないか、って気付いた。それで、性的に虐めたらどうだろう、って」

峻が全く悪びれず、むしろ自慢《じまん》げに言うのを聞いていると、ますます脱力《だつりょく》してしまって……碧は頭を抱《かか》え、背中からベッドに倒《たお》れ込んだ。

「マジか……」

極端《きょくたん》すぎる峻にも、自ら墓穴《ぼけつ》を掘《ほ》り続けていた自分にも呆《あき》れる。

……でも、峻の不器用な性格を考えると、仕方がないのかも。ちょっと歪《ゆが》んでいるけど、これもきっと峻なりの『好き』の形……。

それに、酷《ひど》いことをされても峻が気になって仕方がなかった理由が、ようやくわかった。峻が碧のことを、深いところで想《おも》ってくれていたからなのだ。

碧の身体《からだ》から、峻に対する緊張《きんちょう》が徐々《じょじょ》に抜《ぬ》けていった。

「峻のバカ野郎《やろう》……」

「ん？」

上から顔を覗《のぞ》き込まれ、額にかかる髪《かみ》を指先で払《はら》われる。額を出すと子供っぽい気がして、普段《ふだん》は絶対にしないのに——今の峻にされても不思議と腹は立たない。

「俺の胸に縋《すが》って泣いてみたくなった？」

「……」

「昼間よりもっと凄《すご》いことしてやるよ。碧が、プライドも強がりも捨てて……泣いてよがり狂《くる》うようなこと」

見つめ合う視線が、熱を帯びる。峻の言葉に身体の奥が甘く疼《うず》く。

怖《こわ》いけど、でも、このまま峻に泣かされてしまいたい……我を忘れてしまいたい。そんな欲《よく》望《ぼう》が膨《ふく》らんでしまう。

だけど……寛人は？　嘘《うそ》のない優しさを注ぎ続けてくれている寛人のこと、そのままでいいわけがない。自分はまだ、二人のものであるはずだ。

峻が鋭《するど》い目を細め、ゆっくりと碧の上に覆《おお》い被《かぶ》さってくる。

「峻……ちょっと待て。俺、やっぱり……」

「約束だろ、碧」

「違《ちが》っ……。俺、まだ決められないっていうか……その……」

と、部屋にノックの音が響《ひび》き渡《わた》り、二人はハッと動きを止めた。

「峻？　いるんだろ？」

寛人の声だ。

……助かった！

慌《あわ》てて起き上がろうとした碧を、峻がベッドに押しつける。

「行かせるか」

「ひろ……！　んんっ」

寛人を呼ぼうとした口が、呆気《あっけ》なく峻の手に塞《ふさ》がれた。逃《のが》れたくて必死に首を振《ふ》るけれど、凄い力だ。

「あっちゃん？　あっちゃん、そこにいるのか？」

……寛人！　助けろっ！

もがきながら心の中で叫《さけ》ぶけれど、声にならない。

ドアを叩く音が大きくなり、寛人の声がはっきりと届いた。

「おい、峻！　あっちゃんがいるなら出せ！　フェアじゃないぞ！」

「……クソッ！」

峻は舌打ちをすると、ようやく碧を解放した。

助かった、と安堵《あんど》する反面、何かやりかけた仕事を取り上げられたような喪失感《そうしつかん》に囚《とら》われ……碧は慌ててそんな自分を否定し、起き上がる。

峻は碧の目を見据《みす》えると、拗《す》ねたようにフイと立ち上がり、ドアに向かった。

「あっちゃん！」

峻を押し退《の》けて、寛人が強引《ごういん》に部屋に入ってきた。まだ荒《あら》い息に胸を上下させている碧を見て、酷く辛そうな顔をする。

「よかった。まだ何もされてないね？」

「何だよ、寛人。碧は、自分から俺の部屋に入ってきたんだぞ」

「……そうなの、あっちゃん？」

碧が頷くと、寛人の眉間《みけん》の皺《しわ》が深くなった。

「どうして？　俺より峻の方が……」

「いや、そんなんじゃなくて」

「じゃあ、俺を選んでくれたんだね？　峻にそう言いにきたんでしょ？」

「……」

答えられない自分が情けなくて、碧は俯《うつむ》いて唇を噛んだ。

「……ごめん。選ぶなんて、今の俺にはできない。二人とも、同じくらい大切なんだ」

「それじゃあ……何も変わってないってこと？」

「違《ちが》う！　全然違うよ。俺にとってお前らはもう……ただの幼なじみじゃないから」

そう、峻との関係も、寛人との関係も、以前とは違う。一歩一歩、深みに嵌《は》まっていくごとに、昔の三人から遠ざかっていく。

いつもじゃれ合っていた頃《ころ》の、無邪気《むじゃき》な三人にはもう戻《もど》れない。

「だから……余計……選べなくなっちゃったんだよ……」

しばらく黙《だま》っていた峻が、クスクスと笑い出した。

「やっぱり一時的に手を結ぶか、寛人」

「……」

「俺はもう待てない。待つつもりもない」

そう言いながら、ゆっくりと碧に近づいてくる。寛人は無言だ。

碧は不安《ふあん》に駆《か》られて、ベッドから立ち上がろうと中腰《ちゅうごし》になった。

「峻……俺は」

「答えられないなら、身体に聞いてやるよ」

「！」

咄嗟《とっさ》に逃《に》げ出そうとしたが、すれ違いざまに峻に腕《うで》を取られた。

強い力で引き寄せられ、尻餅《しりもち》をつくかと身を竦《すく》める。だが次の瞬間《しゅんかん》、碧はベッドに座った峻の膝《ひざ》の上に座らされていた。

「……学習しないな、碧は」

峻に、腕を後ろ手に拘束《こうそく》されている。密着した身体が昼間の濡《ぬ》れ事を思い出させて、碧は必死に身を捩《よじ》った。

「やめろっ……峻！　離《はな》せ！」

「寛人、いいのか？　俺がもらっても」

「……」

寛人はやはり無言だ。

「ひ、寛人っ……」

見上げた碧が切羽詰《せっぱつ》まった声で呼んでも、僅《わず》かに眦《まなじり》を翳《かげ》らせるだけ。

寛人……俺のこと、嫌《きら》いになったのか？　峻に何をされてもいいって思ってるのか……？

胸が張り裂《さ》けるように痛み、寛人から目をそむける。こうなったのは、自分のせいだ……二人に甘えて、いつまでも選ばなかったからだ。

「ギャラリーがいると、興奮する？」

峻がそう囁《ささや》きながら、おもむろに碧のTシャツの裾《すそ》に手を入れてきた。

「っふ……っ……」

真っ先に乳首《ちくび》に触《ふ》れられる。昼間、散々弄《もてあそ》ばれたそこは、まだ充血感《じゅうけつ》が残っていて敏感《びんかん》だ。何とか逃げようとするけれど、耳朶《みみたぶ》を口に含《ふく》まれ、ネットリと舐《な》め上げられて、抗《あらが》う力が一気に抜けてしまう。

「ん……あっ……」

「昼間より、感度がいいな」

「や……言う……なぁっ……」

「で、痛い方が感じる、と」

「あぁっ！」

乳首をキュウッと抓《つね》られ、仰《の》け反った首筋を歯形がつくほど嚙《か》まれる。

峻の触れたところから次々と熱い火花が弾《はじ》け、痺《しび》れるような刺激《しげき》となって、碧の身体のコントロールを奪《うば》ってしまう。

何でっ……俺の身体、ヘン、だ……。

「いや……ぁ……峻……」

首を振って抗っても、既《すで》に腰《こし》が立たなくなっていて、ズルズルと峻に体重を預けていくばかりだ。

指先で乳首を搔《か》き鳴らすようにされ、舌を耳孔《じこう》にクチュクチュと出し入れされて、そのあられもない姿を寛人に見られているのが耐《た》えられず——碧は目を瞑《つむ》った。

「……寛人……っ……助け……」

「……」

寛人が、静かに背を向ける気配がした。

……ごめん、寛人……。こんな俺、軽蔑《けいべつ》して当然だ……。

峻の腕を、拒《こば》めなかった。寛人は何もしないでいてくれたのに……碧が裏切ったようなものだ。助けてくれなくて当たり前だし、もう二度と『好き』だなんて言ってくれないだろう。峻の愛撫《あいぶ》に溺《おぼ》れながら、それを哀《かな》しむ資格は……ない。

と、カチャッと鍵《かぎ》をかける音がして、気配が碧の前に戻ってきた。

不思議に思って目を開けると、寛人が真剣《しんけん》な表情で碧の前に跪《ひざまず》いている。

「ひ……ろと……？」

「ごめん……あっちゃん」

「そうこなくっちゃ」

耳元で、峻が不敵に笑う。同時に、四本の手が碧の服を脱《ぬ》がせ始めた。

「なっ……寛人っ！」

寛人は碧を安心させるように微笑《ほほえ》んでから、峻に目を向ける。

「峻に協力するんじゃない。あっちゃんを哀しませないため……だから最後まではしない」

「ああ。ヤル時は、俺一人だ」

「……峻じゃない、俺だ。とにかく約束だよ」

「わかった」

二人の間に密約めいたものが結ばれていくのが、混乱したままの碧の耳を通り過ぎる。何をするとかしないとか……全く理解できない。

「お前ら……何を……」

「あっちゃんは心配しないで」

そう言って、寛人は優《やさ》しく口付けた。

「何かを変えないと、あっちゃんも俺も苦しいままだから」

「寛人……？」

「碧、よかったな」

今度は峻が、後ろから碧の頬《ほお》に口付ける。

「碧が泣くところ、寛人も見たいって」

「寛人……も……？」

「見せてやろうぜ。碧の本当の姿」

本当の……姿。

その言葉に、なぜか酷《ひど》く動揺《どうよう》してしまう。嫌《いや》なのに、恥《は》ずかしいのに、知りたくてたまらない――そんな揺《ゆ》れ動く気持ちまでも、二人がかりで容赦《ようしゃ》なく裸《はだか》にされていくようで。

「峻……寛人っ……。その……どうしても？」

「どうしてもだ。そのために俺の部屋に入ってきたんだろ？」

「あっちゃん、大丈夫《だいじょうぶ》だよ。俺が傍《そば》にいるから」

そう言っている間に、二人の器用な手で、上も下も脱がされてしまう。

「峻、ちゃんと用意してるのか？」

「ああ。中を傷付けたらコトだからな」

「……後で交代しろよ」

「わかってるって」

訳のわからない会話が途絶《とだ》えた途端《とたん》、碧は生まれて初めての感覚に総毛立った。

「なっ……あ……あぁっ！」

何かに濡れた指先が、ありえないことに——後孔《こうこう》にツプリと侵入《しんにゅう》している。男同士の性交でそこを使うというのは知識では知っていたが、まさかいきなりそんなことをされるとは。

「ぬ……抜《ぬ》け……っ」

「ダメだ」

峻が笑いながら、碧の後孔に入れた指をクリクリと回す。本来空間などない場所だから、指一本とはいえ物凄《ものすご》い違和感《いわかん》だ。

「う……嫌っ……ぁ……」

「熱いな……碧の中」

「あっちゃん、痛くない？」

辛《かろ》うじて頷《うなず》いた途端、峻が指を更《さら》に深く突《つ》き入れてきて、碧は悲鳴を上げて仰け反った。

「あっちゃん……！　峻、優しくしろ！」

「ジェル、たっぷり使ってるから、大丈夫だ。それに……すぐ気持ちよくしてやる」

「……傷付けるなよ。あっちゃん、俺の方に集中してて」

寛人は心配そうに言って、碧の脚《あし》の間に顔を伏《ふ》せた。

「ぁん……あ、やぁっ！」

まだ形にならないそれを目覚めさせるように、寛人の舌が舐めていく。焦《じ》れったい快感に、後孔の違和感など吹《ふ》き飛んでしまう。

そして、峻の指がゆっくりと抜き差しを始める。容赦なく襞《ひだ》を掻き分けられても、指が抜かれる時には恥ずかしげに閉じようとする——未通な蕾《つぼみ》は、自分ではどうしようもないほど初々《ういうい》しく、従順だ。ぬめる液体のおかげで痛みは少ないが、その動きが峻に知られるのが恥ずかしくて堪《たま》らない。

「碧のここ……凄くいやらしいな。指に吸い付いてくる」

「言う……なっ……」

「寛人も挿《い》れてみるか？」

「！」

耳を疑う。寛人は聞こえていないように、勃《た》ち上がりかけた碧のそれを熱心に口に含んでいる。

だけど峻の指がソッと抜かれた後に、明らかに温度の違《ちが》う指が差し込まれて——碧は羞恥《しゅうち》のあまり目の前がクラクラした。

「あ……！」

寛人の指だ。峻とはまた違う太さ、長さ、形。

敏感にそれを感じてしまい、痺れるような快感が沸《わ》き上がってくる。

「いいぞ、寛人。碧が興奮してる」

「はぁっ……あぁ……」

背中を仰け反らせ、言葉にならない声を漏《も》らしていると、峻の手に顔を引き寄せられ、唇《くちびる》を重ねられる。不自然な姿勢で舌を絡《から》められ、混じり合った二人分の唾液《だえき》が碧の口端《くちはし》から流れ落ちる——自分がどんなに淫《みだ》らなことをされているのか、もうわからなくなってくる。

そして寛人の指が抜かれるのと入れ替《か》わりに、最初に馴染《なじ》んだ男の指が、今度は二本で挿入《そうにゅう》された。

「つぅ……！」

「きついな……」

峻の指に感じる圧迫感《あっぱくかん》を掻き消すように、寛人の舌遣《したづか》いが荒々《あらあら》しくなる。裏筋も、袋《ふくろ》の裏まで舐め回されて内股《うちまた》を震《ふる》わせていると、宥《なだ》めるように寛人の手が腿《もも》を擦《さす》ってくる。

と、峻の指がある一点を掠《かす》め、碧はビクリと背中を強《こわ》ばらせた。

何……これっ……？

中に一か所、峻の指が引っかかるような場所がある。触れただけでジリジリするような、酷く感じやすい場所。

「ここか」

峻は「やっと見つけた」と囁《ささや》くと、碧の腕《うで》を解放し、空いた腕で碧の腰《こし》を抱《だ》きかかえた。

何が始まるのか……不安な視線を彷徨《さまよ》わせていると、寛人が碧の両手を取り、指同士を絡めるようにしてくる。

……寛人……何？　何が始まるんだ……？

寛人は知っているらしく、少し痛そうな表情だ。両手のそれは新たな拘束《こうそく》にも見えて、碧の肌《はだ》を緊張《きんちょう》が走った——その時だった。

「あ、あっ……あぁぁっ！」

峻の指が、碧の中を掻《か》き混ぜるように、激しく抜き差しを始めた。

思わず腰が逃《に》げようとするのを、峻の片腕《かたうで》がしっかりと押さえ、更に奥まで抉《えぐ》ってくる。

「あ、やめっ……峻っ……！」

「ここだろ？」

「いやあぁぁっ！」

指先でさっきの場所をこそげるようにされて、目の前に火花が散った。

頭が……脳が……焼き切れそう……！

経験したこともない快感に、頭の中がグルグル回っている。イった後のように身体《からだ》がヒクついていて、でも峻の責めは容赦なく続いていて、碧の身体はより大きな快感を求めて峻の指の動きに集中してしまう。

「イヤだ……も、そこ、やめて……」

「気持ちいいからもっと弄《いじ》れ、って？」

峻が意地悪く囁いて、碧の首筋に浮《う》いた汗《あせ》を唇で吸い取る。

「碧がここでイくまで、指、抜かないから。何時間でも」

「や……峻っ……」

「もっと太い方が好きだろ？」

「んぁあっ！」

指が三本になり、敏感《びんかん》な場所がダイレクトに圧迫《あっぱく》される。感じすぎて爪先《つまさき》を突っ張《ぱ》っていると、寛人が「こっちも忘れるな」というように、碧の膝《ひざ》を更に開いて、性器を深く飲み、吸い上げた。

「あ……ああっ……あ！」

ダメだ……おかしく……なるっ……。

ホロリ、と。涙《なみだ》が一筋、碧の目尻《めじり》から零《こぼ》れ落ちた。

「碧……碧」

優《やさ》しい声とともに、峻の唇が涙の跡《あと》をたどっていく。

「泣け。俺の前なら、いくら泣いてもいい」

「しゅ……峻っ……峻……」

涙の味のするそれが、最後に碧の唇に押し当てられる。いつの間にか、碧は涙をポロポロと零しながら、夢中で峻のキスを受け止めている。

そして峻の指が何度目かに最奥を突き上げた瞬間《しゅんかん》、碧は峻とキスで繋《つな》がったまま、全身を震わせて達していた。

「!!」

白濁《はくだく》を寛人の口に絞《しぼ》り出し、ガクリと峻の腕の中に崩《くず》れる。涙が止まらない——子供のようにしゃくり上げてもなお、後から後から、泉のように湧《わ》いてくる。

「碧……」

峻に「好きだ」と優しく涙を拭《ぬぐ》われて、どうしていいかわからなくなる。碧は峻の肩《かた》に顔を埋《うず》めて、もう一度、声を上げて泣いた。

人前で泣くなんて、生まれて初めてだ。いろんなものが全部リセットされたみたいで、真っ白で、酷《ひど》く心もとない。

でも涙が収まってくると少しずつ、自分が生まれ変わったような——スッキリした気持ちになってくるのも事実だった。

……何だろう、この気持ち。何もかも吹き飛んだ、台風の後の空みたいな……。

「あっちゃん」

やっと目を開けた碧に、今度は寛人がキスをしてきた。

「あっちゃん、凄く綺麗《きれい》だったよ。泣いているあっちゃんも好きだ」

「寛人……」

「でも……やっぱり笑ってるあっちゃんが一番好きだ。俺はあっちゃんに、ずっと笑顔《えがお》でいてもらいたいから」

剥《む》き出しにされた心を、優しく包む寛人の言葉。

心地《ここち》よくて、嬉《うれ》しくて……思わず微笑《ほほえ》み返すと、またキスをくれる。

そのままベッドに仰向《あおむ》けに横たえられ、片脚を抱《かか》え上げられ——目を瞑《つむ》ると、寛人が碧の奥まった部分に慎重《しんちょう》に触《ふ》れてきた。

「はぁ……っ……」

初めての絶頂を味わい、弛緩《しかん》したその場所が、ゆっくりと長く硬《かた》い指に貫《つらぬ》かれる。内臓を押し上げられるようで、自然と身体が逃げを打つ。と、もう片方の脚《あし》が誰《だれ》かに抱え上げられた。

「碧」

峻だ。目が合うだけで、心臓がドキッと跳《は》ね上がる。

う……何かヘンだ。こんなの初めてだ……。

「寛人が下手《へた》くそだったら、俺が交代する。遠慮《えんりょ》なく言えよ」

「大きなお世話だ」

寛人は涼《すず》しい顔で笑って、最奥で指を引っ掻くように動かす。

「あっ、あぁ……」

「あっちゃんのイイところ、全部この指で覚えるから」

そんなこと言われなくても、触《さわ》られる場所全《すべ》てが気持ちいい。二度目で少しは余裕《よゆう》があるからか——相手が優しい寛人だからか。

「俺はこっち」

峻が、碧の脚を持ったまま伸《の》び上がって胸の尖《とが》りを舐《な》め始める。さっきより二人の距離《きょり》が近くて、何だか二匹《ひき》の犬に群がられているようで、くすぐったい気分だ。

……幸せ……なのかな。二人にこんなに愛されて。

ふと、そんな気持ちが胸をよぎり、碧は胸がキュンと熱くなった。

二人の言っていた『初恋《はつこい》』という言葉まで思い出して、頬《ほお》が赤くなるのが自分でもわかる。

っ……俺、どうしたんだ？　女の子じゃあるまいし。何か……何か急に恥《は》ずかしくなってきた……！

そんな碧を見つめて、寛人が切なそうに眉根《まゆね》を寄せた。

「あっちゃんを好きすぎて辛《つら》い。だけど、あっちゃんを苦しめたくない」

「寛人……？」

「峻より俺を選んで欲しい。けど、俺……」

その先は、よく聞こえなかった。

「あぁっ！」

柔《やわ》らかく解《ほぐ》れたその場所を、長いストロークで責め立てられる。峻も何か言っているけれど、もう聞こえない。寛人のくれる淫らなリズムに酔《よ》い痴《し》れ、寄り添《そ》う峻の存在に満たされながら、深い、深い快楽の中に漂《ただよ》っていく。

俺……とうとうコイツらに落とされたのかな。この気持ちが……これが恋、なのかな。だとしたら……俺は二人に同時に恋してる……。

考えようとするけれど、それは穏《おだ》やかな愉悦《ゆえつ》の波に呑《の》まれて——綺麗な泡《あわ》になって溶《と》けてしまった。

四

「どうした、片平。イケメンも風邪《かぜ》ひくのか？」

課長に聞かれて、碧は書類から顔を上げた。

「か、課長……自分、イケメンじゃないです……」

「うわ、凄《すご》い声！　無理するなよ？　顔色も悪いぞ」

「大丈夫《だいじょうぶ》ですか、片平さん？」

営業課のみんなが心配してくれるのは有難《ありがた》いけれど、まさか前の晩、年下の男二人に交互《こうご》に喘《あえ》がされた挙げ句、喉《のど》が嗄《か》れたとは言えない。

碧は「大丈夫です」と苦笑いをして、仕事を続けた。

朝、碧は珍《めずら》しく微熱《びねつ》があった。社会人になって初めてかもしれない。

峻と寛人は、「仕事を休んだ方がいい」「自分たちも休んで看病する」と言い張ったが、碧はキッパリと断った。

「仕事より俺を優先するようなヤツは、最初から願い下げだ！」

その言葉に、二人とも渋々《しぶしぶ》引き下がり、碧は無理を押して出勤した。

そして日頃《ひごろ》の摂生《せっせい》が効いているのか、仕事をしている内に楽にはなってきたが……それにつれて、碧の頭の中は二人のことでいっぱいになってしまっている。

……どうしよう、どうすればいい。俺は……どっちを選べばいい……？

二人を幼なじみとして、同じくらい大切に想《おも》っていた時はよかった。自分は二人のものだと、宣言した時もまだよかった。

だけど、峻と寛人それぞれの異なる愛情を知り、心を動かされ、身体《からだ》を——いや身体を超《こ》えたところまでさらけ出された今、状況《じょうきょう》は最悪だった。

俺……二人を同時に好きになったみたいだ。峻も寛人も、どっちも好きだ。この前まであんなに彼女が欲しかったのに、どうしてこうなっちゃったんだろう……？

未練がましいようだが、仕方がない。絶賛彼女募集中《ぼしゅうちゅう》だった自分が、いつの間にか男二人を同時に愛することになるなんて、想像の域を超えている。

碧は深く嘆息《たんそく》して、額を押さえた。

ミイラ取りがミイラに、とはよく言ったものだ。考えてみれば、二人が寮《りょう》にやってきて以来、合コンどころではなかった。女の子のことではなく、二人のことばかり考えていた。

うう……二人より先に彼女を作るはずだったのに、どこで道を間違《まちが》えたんだ、俺は。ただの幼なじみだったはずなのに、いつの間にか特別な存在になって……しかも二人とも欲しくなるなんて……。

峻は、碧にとって本能的に緊張感《きんちょうかん》を覚える相手だ。刺激《しげき》的で魅力《みりょく》的、そして碧に対してだけ何故《なぜ》か鬼畜《きちく》な面がある。最初は少し怖《こわ》かったけれど、それが碧の中の新しい何かを解き放ってくれた。人前で泣くことに、経験したこともないカタルシスを感じ、自分がいい方へ変わったと思えたのは、峻のおかげだ。

反面、寛人のくれる優《やさ》しさは心地よく、碧を深く愛してくれているのがよくわかる。碧の言動に一喜《いっき》一憂《いちゆう》するのもとても愛《いと》しくて、時々この世に碧しかいないというような目をするから放《ほう》っておけない。碧が一番リラックスして、本音を話せる相手だ。

二人とも大切だ……二人とも手放せない。どっちか一人でもいなくなってしまったら、俺が俺じゃなくなってしまいそうだ……。

しかも聡《さと》い二人は、碧が悩《なや》み、落ち込んでいることに気付いているようだった。今朝の寛人は別れ際《ぎわ》までずっと何か言いたそうにしていたし、峻はさっきメールを寄越《よこ》した。

『碧が落ち着くまで、寛人とは休戦する。安心しろ』

峻なりに碧の混乱を察し、気遣《きづか》ってくれているのだろう。

年下二人に心配される自分が不甲斐《ふがい》ないが、実際、仕事中にも考えてしまうくらい重症《じゅうしょう》なのだ。好きだからこそ早くきちんと決めなくては悪いと思い……好きだからこそ悩んでしまう。

クソッ……いくら考えても、答えが出る気がしない……。

「片平さん、権東建設さんからお電話です」

「はい、ありがとうございます」

慌《あわ》てて電話に出ると、いつもの経理課長ではなく、権東社長の秘書の女性からだった。見た目通りに麗《うるわ》しい声だが事務的な口調で、社長が今から会いたいと言っている、と言う。

頭の中に、エレベーターでの出来事がチラリとよぎったが、大きなチャンスを目前にした今、会わないという選択肢《せんたくし》はない。

「わかりました、すぐ伺《うかが》います。十分で行きます！」

碧は受話器を置くと、張り切って立ち上がった。

「課長！　権東建設に行ってきます」

「おっ、例の件か。頼《たの》んだぞ」

「はい！」

碧は営業鞄《かばん》を掴《つか》んで、支店を飛び出した。


社長室の黒革《くろかわ》のソファの上、碧は緊張《きんちょう》の面持《おもも》ちで権東の話を聞いていた。

「……というわけで、取締役会《とりしまりやく》は通った」

「おめでとうございます」

「いやー、なかなか大変だったよ」

権東は上機嫌《じょうきげん》だ。碧は昨日の不可解な会話が引っかかっていたが、一所懸命《いっしょけんめい》に笑顔《えがお》で応対していた。

権東建設への融資《ゆうし》が決まれば、今期の支店の業績は一気に上向く。この不況下《ふきょう》に、願ってもない案件だ。

「それで、社長。うちの融資条件なのですが」

碧が事前に本部と摺《す》り合わせておいた書類を取り出すと、権東は「どれ」と受け取って、満足そうに眺《なが》める。

「わかった。こちらで相談しておこう」

「よろしくお願いします！」

「こちらこそよろしく頼むよ。新プロジェクトは君のところで、と既《すで》に根回しは済んでいるからね」

「本当ですか？」

碧は、驚《おどろ》いて声を上げた。

大きな案件だけに、他行との競争を気にしていたのに……既に一人勝ちが約束されたようなものだ。

権東は碧の嬉《うれ》しそうな反応を見て、豪快《ごうかい》に笑った。

「ハハッ、片平くんほど人のいい子でも、他《ほか》の銀行には負けたくないんだな」

「もちろんです。ありがとうございます！」

感激して頭を下げる碧に、権東がガラリと声色《こわいろ》を変えた。

「担当が君だからだ……わかるね？」

「……？」

また……だ。どういう意味……？

碧の笑顔が固まる。と、権東が秘書に「ちょっと外してくれ」と言い――社長室は権東と碧の二人きりになってしまった。

「あの、社長……」

「もう私の気持ちをわかってくれただろう？」

権東が立ち上がり、碧の隣《となり》に座ってくる。思わず中腰《ちゅうごし》になった碧の手を取ると、その手をソッと撫《な》でた。

「……！」

ゾゾッと背筋が凍《こお》り付く。咄嗟《とっさ》に引っ込めようとした手を、権東は強く握《にぎ》ってくる。ソファの上、体重をかけるように腰《こし》を押しつけられて……嫌《いや》でも権東の意図がわかった。

「君は私のお気に入りだ。このくらいしてあげるのは当然だよ」

「あ、あの……」

「最終的な打ち合わせは、二人きりでしたい。いいね？」

「困ります！　俺は、そんなっ……」

「この案件が、欲しくないのか？」

脅迫《きょうはく》めいた言葉に、碧はグッと返答に詰《つ》まった。

欲しい。個人の営業成績はもちろんだが、支店ベースでも喉《のど》から手が出るほど欲しい案件だ。

だけど、権東は碧自身をも要求している――いつか峻が口にした『枕《まくら》営業』そのものだ。

……冗談《じょうだん》じゃない。いくら仕事のためとはいえ、金で買われて堪《たま》るかっ……！

「やめて下さ……」

権東の手を振《ふ》り解《ほど》こうとした碧の耳に、課長の『頼んだぞ』という声が蘇《よみがえ》った。

「……っ……」

これは支店はもちろん、本部も期待を寄せている案件だ。どんな理由だろうと、自分の一存で断ることなんかできない……。

抗《あらが》う力が弱まった碧に、権東がすかさずつけ込む。

「わかるだろう？　悪い話じゃない」

「ですがっ……」

「君にとっても、銀行にとっても。もちろん私にとっても、だ」

嫌で堪らないけれど、拒絶《きょぜつ》できない——そんな碧の反応を楽しむ、狡猾《こうかつ》な笑み。権東は、更《さら》に猫《ねこ》なで声で続けた。

「打ち合わせの場所と時間は、後日、こちらから指定する」

「社長……あの……」

「いいね？　これは二人きりの秘密だ。じゃあ」

強引《ごういん》に話を終わらせ、権東は社長室を出て行った。

しばし呆然《ぼうぜん》と座り込んでいた碧は、ふとテーブルの上の書類に目を落とし、震《ふる》える手でそれを取り上げた。

……落ち着け、碧。ここで逃《に》げ出したら何にもならない。社長の条件は別にしても、仕事はきちんと進めておこう。そうだ、社長を通さず、経理課長に改めて話を聞けばいいんだ——今まで通り、正々堂々とやろう。

碧は汚《けが》れを振り払《はら》うように、早足で社長室を立ち去った。

その日の夕方。

蒲田支店では、来週から始まる『融資増強キャンペーン』の戦略会議が行われていた。支店長、副融資額の全体的な落ち込みが続いている中、厳しい空気が会議室に流れていて、支店長らの檄《げき》がビシバシと飛んでいる。若手でもベテランでも、実績のない者は青い顔をして立ち尽《つ》くすしかない——銀行員が一番寿命《じゅみょう》を縮める時間だ。

その中で唯《ただ》一人、僅《わず》かながらも実績を伸《の》ばしていた碧は、思いがけない指名を受けた。

「キャンペーンのリーダー……ですか？」

「ああ。若手の力を発揮してもらうためにも、片平くんが適任だろう」

支店長が鷹揚《おうよう》に頷《うなず》くと、営業課も融資課も外国課も、全員が拍手《はくしゅ》をしている。

リーダーは今まで副課長クラスの人だったから、まだ四年目の碧が指名されるのは異例だ。

それだけ期待されているということでもあり、やりがいはあるだろう。

だけど……俺に務まるんだろうか……。

戸惑《とまど》う碧に、前回リーダーだった副課長が耳打ちをしてくる。

「毎日、支店長とガンガンやり合うのも、いい経験だぞ」

「マジですか……」

「でもまあ、これを経験しないと一人前の銀行員とは言えないな」

一人前、という言葉に碧はピクリと反応した。

俺……峻と寛人を一人前にしようと一所懸命だったけど、アイツらはもうとっくに力を持っている。次は、俺だ。新しいことに挑戦《ちょうせん》して、結果を出して、常にアイツらに尊敬される存在でいなくては……！

「やります！　やらせていただきます！」

碧は立ち上がって会議室を見渡《みわた》し、頭を下げた。

「ご協力、よろしくお願い致《いた》します！」

拍手が一際《ひときわ》大きくなって、営業課の誰《だれ》かから「よっ、イケメンリーダー！」の声が飛ぶ。

「……勘弁《かんべん》して下さい」

和《なご》やかな笑いに包まれた会議室で、碧は自分を奮い立たせながら、ふと権東建設のことを思い出した。

っ……ないない、社長の言う通りにするなんて絶対にない。だけど……。

リーダーを引き受けたことへの不安が、嫌な予感を呼び起こす。

……しばらくは、何とかして社長と会うのを避《さ》けよう。幸い、権東建設の案件はまだ予定に計上されていない。断るのはいつでも断れる……。

今のところ碧は確実な融資の実行予定があり、数字的にはプラスで着地する目算だ。だが支店全体となると明らかにマイナス傾向《けいこう》だから、持ち玉は多い方がいい。たとえ最後まで使わないとしても。

碧は席につきながら、そう自分に言い聞かせていた。


翌週の水曜日。

「あっちゃん？」

「……寛人か。おかえり」

顔を上げ、碧は無理に笑顔《えがお》を作った。

寛人は帰ってきたところなのか、スーツ姿だ。寮《りょう》の夕食を前に、箸《はし》も付けずにボーッとしていた碧を、不思議そうに見ている。

「食欲《しょくよく》ないの？　大丈夫《だいじょうぶ》？」

「……ちょっと考え事してただけ。寛人もこれからか？」

「うん。貰《もら》ってくる」

碧の向かいの席に鞄《かばん》と上着を置いて、寛人は配膳《はいぜん》カウンターに夕食を取りに行った。

……寛人に心配されるようじゃ、ダメだな。しっかりしなくちゃ。

ため息をついて、碧はようやく箸を取り上げた。

融資《ゆうし》増強キャンペーンが始まって三日目、低め安定で推移していた支店の数字に、異変が起こった。

碧の親密先である蒲田モーターの融資が、社長の緊急《きんきゅう》入院で延期になってしまったのだ。

社長、大丈夫かな。大事には至らなかったけれど、元々血圧が高かったから、心配だ……。

早速《さっそく》お見舞《みま》いに行くと、社長は意識はハッキリしていた。何度も碧に『悪いね』と繰《く》り返すから、『そんなことはいいから、早く元気になって下さいね』と励《はげ》まして帰ってきた。

しかし、この案件は確実だと思っていただけに、碧にも、支店全体にとってもダメージはかなり大きかった。

……マズイ、計画がめちゃくちゃだ。このままじゃ、融資増強どころかリカバリーすら不可能。今週中に支店の全員にもう一度聞き取りをして、何か打開策を探《さぐ》らないと……。

落ち込んでいた碧に、だが課長は明るく言った。

『よかったな。片平くんには、まだ権東建設の案件があるじゃないか』

『課長……実はその件で……』

『まだ計上してないみたいだけど、どうした？　何か問題があるなら、早急《さっきゅう》に相談してくれ』

碧は一瞬《いっしゅん》、言葉に詰まった。

『この案件が、欲しくないのか？』

権東の言葉が、頭の中をグルグル回る——忘れたくても忘れられない。

……冗談じゃない。それだけは嫌《いや》だ。だけど、このままマイナスで着地すれば、全部俺の責任だ。そんなの自分で自分が許せない……。

『片平くん？』

『……計上します。すぐにあちらの経理課へ行って、話を詰めてきます』

とにかく正攻法《せいこうほう》でやるしかない。万が一、ダメだったら……その時にまた考えればいい。

碧は無理に笑顔を作り、権東建設の経理課に明日のアポを取りつけたのだった――。

「今日の魚の煮付《につ》け、美味《おい》しそうだね。あれ？　あっちゃん、まだ食べてないの？」

寛人が戻《もど》ってきて、首を傾《かし》げた。

「何か、今日のあっちゃん、いつもと違《ちが》う」

「……ちょっと疲《つか》れてるかもな」

「無理しないでね。あ、峻！」

見ると、ちょうど峻が食堂の入り口から顔を覗《のぞ》かせたところだった。碧と寛人を見て片手を上げ、部屋で着替《きが》えるのか、一度出て行く。

このところ、三人の関係は不思議な平穏《へいおん》を保っていた。

二人は意識して碧につかず離《はな》れずの距離《きょり》をとり、ラウンジや食堂で会うことはあっても部屋まで訪ねてくることはなかった。話す内容も、支店の業務のことが中心だった。

休戦する、と峻がメールしてきた通りだ。碧の気持ちが自然に固まるのを、待ってくれているのだろう。

考える時間はたっぷり与《あた》えられていて――なのに碧は、いつまで経《た》っても二人のどちらかを選ぶことができないでいた。

二人のいいところを比べても埒《らち》があかないから、悪いところを数えたこともある。だけど数えれば数えるほど、それでも好きだという気持ちの方が強まってしまって、逆効果だった。

どうしよう……やっぱり二人とも好きだ。二人に『好きだ』って言われるのが好きだ。三人で一緒《いっしょ》にいるのも好きだ……。

「あっちゃんの支店も、融資のキャンペーンやってる？」

寛人の何気ない言葉に、碧はハッと我に返った。

「やってるよ。俺、今回リーダーなんだ」

「本当？　凄《すご》い！　だから今週、毎晩遅《おそ》いんだね」

「俺なんか早い方だよ。そっちのリーダーの方が大変なんじゃない？」

寛人の配属された品川支店は、世界的な大企業《だいきぎょう》との取引も多い。リーダーはさぞ身の細る思いをしているだろうと、自分のことも忘れて気の毒になる。

「うん。ピリピリしてて、話しかけるのも勇気が要《い》るくらい。峻の、丸の内支店もそうだって」

「……だろうな」

「俺も、来年は参加するんだろうな。担当先を持つのって、嬉《うれ》しいけどちょっと怖《こわ》いっていうか。あっちゃんもそうだった？」

人のよさそうな笑みを浮《う》かべる寛人に、碧は三年前の自分を重ねて懐《なつ》かしく――少し後悔《こうかい》の混じった気持ちになった。

……あの頃《ころ》の俺に比べたら、寛人も峻もずいぶん大人だ。ただ闇雲《やみくも》に彼女が欲しかった俺と違って、二人は最初から心に想《おも》う人が――男で、しかも俺だけど――いたんだから。誰かを真っ直《す》ぐに愛するには、いろんな覚悟《かくご》がいるってこと……俺なんか、今頃になってやっと気付いたんだから。

どうも弱気になっている気がする。でも、寛人にそんな自分を見せるわけにはいかない。

碧は、無理に微笑《ほほえ》んだ。

「俺でも何とかやってるんだ。寛人は絶対に上手《うま》くやるよ」

「よかった。あっちゃんに言われたら、大丈夫な気がする」

「ああ。自信持て」

「待たせたな」

そこへ峻がやってきて、碧の隣《となり》に座った。

「待ってないよ。ゆっくり食べてるだけ」

澄《す》ました顔で寛人が言えば、峻がわざと顔を顰《しか》める。

「酷《ひど》いな。碧は待っててくれたんだろ？」

「俺も、超《ちょう》ゆっくり食べてた」

「いいよ、もう」

拗《す》ねる峻は、年相応でちょっと可愛《かわい》い。寛人と顔を見合わせてクスクス笑うと、峻も唇《くちびる》を尖《とが》らせたまま視線を合わせ、噴《ふ》き出す。

……いいな、こういうの。昔みたいで。

そう思った途端《とたん》、胸が鋭《するど》い刃物《はもの》に刺《さ》されたように痛んだ。

この安定感は、三人の危《あや》ういバランスの上に存在している。碧がどちらか一人を選んだら、後の一人はきっと碧の下《もと》を去ってしまうだろう。残された自分ともう一人を想像してみると、相手が峻であっても、寛人であっても——碧にはそれが幸せな結末だとは到底《とうてい》思えないのだ。

……やっぱり選べない。だけど、いつまでもこのままじゃいけない。二人が待ってくれているのに甘えているだけじゃ、俺は卑怯《ひきよう》者だ……。

「どうしたの、浮かない顔して」

峻に指摘《してき》されて、碧はまた考えに耽《ふけ》っていた自分に気付いた。今日は、どうしようもない。

「碧、ヘンだぞ。さっき、チラッと見た時から思ってたけど」

「だよね？　何か悩《なや》み事？」

寛人も心配そうに言ってくるが、碧は何でもないと首を振《ふ》った。

二人のこと、仕事のこと。どちらも碧自身が決めることだから、ここで相談すべきじゃない。

そう思う反面、何もかも隠《かく》さず話してしまいたい衝動《しょうどう》にも駆《か》られる。

と、権東の声が頭の中に響《ひび》いた。

『この案件が、欲しくないのか？』

「っ！」

見せかけの平穏が、碧の中でだけ掻《か》き乱された。

目の前がグラグラ揺《ゆ》れる……気持ち悪い。手足もサーッと冷たくなって、貧血っぽい感じだ。

嫌だ……好きでもない男とそんなこと、絶対に嫌だ。それに、俺がそんなことを考えているなんて、二人に知られたくない。俺は……俺は……。

「あっちゃん!?」

「やっぱり気分悪いんじゃないか」

二人が慌《あわ》てて立ち上がり、碧を抱《かか》えるようにして移動してくれる。部屋に連れて行かれ、ベッドに横にされる頃には、碧も少し落ち着いていた。

「悪い……ちょっと目眩《めまい》がして」

「今日はもう寝《ね》ろ。あと、野菜もいいけど肉も食べろよ。碧は細いんだから」

峻が腰《こし》に手を当てて仁王《におう》立《だ》ちになっている。

「俺たちのことで悩んでるんだったら……ごめんね」

寛人は、碧の枕元《まくらもと》にしゃがんで静かに言った。

「あっちゃんを苦しませているのかも。もしかして、こうやって話すのもプレッシャー？」

「いや……お前らのせいじゃないよ」

碧は辛《かろ》うじて微笑んで、小さく深呼吸をした。

「でも、ごめん。しばらく……一人にしてくれないかな」

峻と寛人が、動きを止めた。二人で顔を見合わせ、それから碧を見つめる。

「いろんなことが重なって、ちょっとハードなんだ。ゆっくり考えてから答えを出すから」

寛人が眉《まゆ》を下げてショボンリしているのが辛《つら》い。峻は、不審《ふしん》そうな顔で碧を見ている。

「わかった。無理しないでね、あっちゃん。俺……あっちゃんに笑顔《えがお》でいてほしいだけなんだ」

寛人がそう言って、碧の頰《ほお》にキスをする。何だかホッとして、目を閉じる。

「俺以外の人間が、碧を泣かせることは許さないからな」

傲慢《ごうまん》な言葉とともに額に落ちてきた、峻のキスに微笑み返す。

「ありがと」

小さな声で礼を言ったのが、二人に届いたかどうか。

碧は眠《ねむ》りに落ちながら、もう一度「ありがとう」と囁《ささや》いた。


「明日土曜日、二十時にプラチナビューホテルに部屋をとってある」

「……はい」

「待ってるよ、片平くん」

「よろしく……お願いします」

碧は、青ざめた顔で電話を切った。

っ……行きたくない。絶対に行きたくないのに……。

手元の書類を握《にぎ》り締《し》め、今にも道を踏《ふ》み外しそうな自分を辛うじて引き留める。

権東建設に、碧は全力でセールスするつもりで向かった。だが経理課長と面談して、それは完全に打ち砕《くだ》かれてしまった。

『今回の資金調達は、社長の一存で決まります。そして今のところ、東京セントラル銀行さんの枠《わく》はゼロのようで……』

『そんな……！』

『片平さんにはいつもよくして頂いているので、我々も非常に残念なんです……』

正々堂々、他《ほか》の銀行と闘《たたか》おうとしていたのに、その道も閉《と》ざされてしまった。権東の高笑いが聞こえるようだ。

銀行員なのに身体《からだ》を要求された挙げ句、こんな仕打ちを受けるなんて――今までやってきたことは何だったのだろう。悔《くや》しがっては権東の思うつぼだと自分に言い聞かせても、他の仕事に集中できないほど、碧にはショックが大きかった。

そして、碧から売り込みがあったことが伝わったのだろう。今度は権東から、直接電話がかかってきたのだ。

「どうだ、片平くん。私と個人的に打ち合わせをする決心はついたかな？」

頭では断ろうと思っていたのに、権東の声に痺《しび》れたように、碧は「はい」と答えていた。

手元には、マイナスを推移している、支店の融資《ゆうし》残高表。

……俺の作ったマイナス以降、支店のみんながいくら頑張《がんば》っても、数字が伸《の》びない。このまじゃ、士気が下がる一方だ。俺はリーダーどころか、みんなの足を引っ張っている……。焦《あせ》りが、碧を惑《まど》わせる。他に手がないことも、碧を追い詰《つ》める。

もう——決めるしかなかった。

碧は必死で感情を押し殺し、権東建設の書類を作り始めた。

夜遅《よるおそ》く帰宅した碧は、自分の部屋に戻《もど》る前に寛人の部屋のドアをノックした。

「あっちゃん……どうしたの？」

碧の顔色に敏感《びんかん》な寛人が、早速《さっそく》心配してくれる。

「……話がある。峻も呼んでくれないかな」

「わかった。待っててね」

寛人の部屋に通され、オフホワイトのカーペットの上に座る。

優《やさ》しいベージュを基調とした部屋は、包み込むような寛人の性格そのままだ。机の上に飾《かざ》られた寄せ書き入りのサッカーボールが、友人を大切にする寛人らしくて微笑ましい。

……この部屋に来ることも、もうないのかな。

寂《さみ》しさを抑《おさ》えきれないで俯《うつむ》いていると、しばらくして寛人が戻ってくる。厳しい表情の峻が一緒《いっしょ》だ。

二人が、無言で座る。碧の言いたいことが既《すで》にわかっているように――部屋の空気は張り詰めている。

床《ゆか》に手をついて頭を下げると、碧は一言、

「ごめん」

と謝った。

「俺のことは……忘れてくれ」

「どういうことだよ」

峻が、間髪《かんはつ》を容《い》れずに聞いてくる。鋭い視線は、碧の心を全部見通そうとするかのようだ。

碧は、用意していた言葉を頭の中で繰《く》り返してから、重い口を開いた。

「……お前たちのこと、からかってたんだ。悪かった」

「あっちゃん……？」

寛人が、ぎこちない笑みを浮《う》かべる。

「そんな冗談《じょうだん》、笑えな……」

「本当だ。彼女もいないし、意外と気持ちよかったから……ちょっとのめり込んだだけ。やっぱ、男同士なんて無理だったよ。ま、よくあることだろ？」

わざと軽く言って、二人の顔が強《こわ》ばっていくのを見る。やるせなさに、息が詰まりそうになる。

……でも、ここでちゃんと嫌《きら》われないと。俺はもう、コイツらの『あっちゃん』でも『碧』

でもいられないんだから。峻にも、寛人にも、愛される資格はないんだから……。

明日《あした》の今頃《いまごろ》には、碧は権東に身を任せているだろう。碧は二人が好きだからこそ、二人が大切にしてくれた『片平碧』を他の男で汚《けが》すわけにはいかなかった。

どのみち、いつまで経《た》っても選べない優柔不断《ゆうじゅうふだん》な自分に、決別しなければならなかったのだ。二人を同時に失うという意味では、同じ事だ。

あまり上手な嘘《うそ》ではないけれど……二人が自分のことを見限ってくれれば、それでいい。

「結局、俺は誰《だれ》でもよかったんだよ。お前たちを恋愛《れんあい》対象だと思ったこともない。お前たちが真剣《しんけん》すぎるから、だんだん居心地《いごこち》が悪くなってきて、潮時だと……」

「本気で言ってるのか、それ」

峻の怒《いか》りに満ちた声に、ビクリとする。峻はそう短気な方ではないけれど、余程《よほど》頭にきているらしい——作戦は成功だ。

碧は覚悟《かくご》を決め、峻の目を真っ直《す》ぐに見返した。

「本気だ。だから、俺は寮《りょう》を出る」

寛人が狼狽《うろた》えた様子で、中腰《ちゅうごし》になる。碧は、今度は寛人の方を見て通告した。

「さっき、退寮届《たいりょう》も出してきた。もう最後だ……気が済むまで殴《なぐ》ってくれていい」

「あっちゃん、ちょっと待って。もうちょっとゆっくり考えてよ」

「それとも、またするか？　三人で」

寛人に向かって自嘲《じちょう》的に口端《くちはし》を上げる——自分は上手《うま》く笑えているだろうか。

「あっちゃん……」

痛そうに歪《ゆが》められた寛人の顔に、碧の決心は揺《ゆ》らぎ、次の言葉が出てこなくなってしまった。

寛人の顔が、まともに見られない。

ごめん……。あんなに大切に想《おも》ってくれたのに、こんなことになってごめん……。

俯いた碧は、もう一度気持ちを整え、今度こそ終わりにするために言った。

「最後だから……お前らにだったら一回くらい抱《だ》かれてやってもいいけど？」

スッ、と、峻が立ち上がった。

……殴られる!?

思わず首を竦《すく》めた碧の前で、峻が背中を向ける。恐《おそ》る恐る顔を上げると、その後ろ姿に抑えきれない怒りが滲《にじ》んでいる。

「……そんなの、碧じゃない。俺の知ってる碧じゃない」

峻が、地を這《は》うような声で低く呟《つぶや》く。

峻を裏切る痛みで、心が生きたまま引き裂《さ》かれるようで……碧は思わず目を瞑《つむ》った。

「出て行け。もう顔も見たくない」

「……わかった」

立ち上がろうとして、寛人は、と見ると泣きそうな顔をして項垂《うなだ》れている。

……ごめん、寛人……。

ちょっとやそっとじゃ諦《あきら》める二人じゃないから、二人が一番嫌《いや》がる方法を選んだ。自分でも納得《なっとく》したはずだったのに――こんな別れ方は辛《つら》すぎる。今からでも、全部嘘だった、助けてくれ、と叫《さけ》び出したくなる。

好きだった……二人とも。峻も寛人も、ただの幼なじみには戻れないくらい好きだった。だからもう、会わない方がいいんだ……。

碧は静かに部屋を出た。不思議と涙《なみだ》は出ない……時が止まってしまったようだ。

そのまま自分の部屋に戻る気になれず、何か飲もうとラウンジへ向かう。自販機《じはんき》のボタンを押そうとした碧は、そこで初めて自分の手が細かく震《ふる》えていることに気付いた。

「……何だ、これ」

自販機の白い光に、頼《たよ》りなく震える手のひらを透《す》かしてみる。まるで、手が泣いているみたいだ。

『碧だって、思い切り泣きたい時がある……そうだろ？』

峻の声が蘇《よみがえ》ると同時に、みぞおちのあたりがキリキリと痛んだ。

っ……違《ちが》う、泣きたいからじゃない。こんなの平気だ。そうだ、昼を抜《ぬ》いて空腹だからだ。何か飲めば直る……。

急いでボタンを押して、紙コップのコーヒーを選ぶ。一口飲もうとして、そういえば深夜のコーヒーを寛人に咎《とが》められたことがあったのを思い出した。

『あっちゃん、この時間にカフェイン摂取《せっしゅ》するのって、よくないんじゃないの？』

寛人……いつも俺のこと、ストーカーか？ってくらいよく見てたっけ。

ハハ、と乾《かわ》いた笑いが唇《くちびる》を震わせる。

『俺は、あっちゃんの傍《そば》にいられるだけで幸せだよ』

「ハハッ……ハ……」

コーヒーに落ちた雫《しずく》が何なのか。碧は今は考えないことにした。


土曜、二十時。

権東に指定されたホテルのロビーを、碧は足早に横切っていた。

万が一にも誰かに見つからないよう、普段《ふだん》あまり着ない服を身につけ、帽子《ぼうし》も被《かぶ》っている。サングラスも、と思ったけれど、夜だし、高級ホテルでは不審《ふしん》がられるかもしれないと思って、やめた。

見たところ権東の姿がないので、ホッとして大きな柱の傍のソファに座る。人が多い場所だからか、どうも誰かに見られているような気がして落ち着かない。

……どうか、社長が約束を忘れていますように。車がパンクして来られませんように……。一所懸命《いっしょけんめい》に心の中で祈《いの》っていたが、願いも空《むな》しく、五分遅《おく》れで権東が現れた。

ゴルフ帰りのようなジャケットスタイルに、金時計、金のネックレス、金ピカのブランドロゴが張り付いたセカンドバッグ。ちりばめられた光沢《こうたく》に負けないほどツヤツヤした額にハンカチを当てながら、碧を見つけてずる賢《がしこ》そうな笑《え》みを浮かべる。

「待たせたね。チェックインしてくるから」

碧は、立ち上がりかけたソファにまた座り直した。権東の顔を見た途端《とたん》、心臓がバクバクして、胃はキリキリ痛み、頭痛までしてくる。今すぐ逃《に》げ帰りたい気分だけれど、膝《ひざ》の上で拳《こぶし》を握《にぎ》り締《し》めて何とか我慢《がまん》する。

……一晩だけの辛抱《しんぼう》だ。目を瞑って、ジッとしていればすぐ終わる。きっと何とかなる……。

そう自分に言い聞かせていると、上機嫌《じょうきげん》で戻《もど》ってきた権東がカードキーの入った紙ケースをちらつかせた。

「せっかくの夜だ。コーナースイートを予約しておいたよ」

「……」

「さ、行こう」

促《うなが》され、立ち上がる。ロビーを過ぎ、エレベーターでかなり上の方にある客室フロアで降り、部屋に入るまで——碧はどうしていいか、何を言っていいかわからず、ずっと俯きっぱなしだった。

「ビールでいいかね？」

ハッと顔を上げると、美しい夜景をバックにしたリビングルームで、権東が冷蔵庫から缶《かん》ビールを取り出すところだった。一つをテーブルに置き、碧にも、と目で合図をする。

そしてすっかり固まってしまっている碧に気付くと、近寄ってきてビールを持っていない方の手で背中に触《ふ》れた。

「それとも、先にシャワーかな？」

淫猥《いんわい》な微笑が、権東の顔に広がる。碧は思わず目をそらしたが、権東はそれを恥《は》じらいととったらしい。ククッと笑って、碧を抱き締めるために缶ビールを置く。

「緊張《きんちょう》してるね？　可愛《かわい》いよ、片平くん……いや、碧くん」

権東の分厚い手が背中をゆっくりと撫《な》で、碧を身体《からだ》ごと引き寄せた。

「あっ……あのっ……」

「バスルームはあっちだ。私はゴルフ場で風呂《ふろ》に入ってきたから」

手は遠慮《えんりょ》なく腰《こし》を這い、そのまま尻《しり》を触《さわ》ってくる。ゾワゾワと込み上げる悪寒《おかん》を必死に我慢していたが、とうとう尻を鷲掴《わしづか》みにして揉《も》んでくるから、碧は慌《あわ》てて身を捩《よじ》った。

「バ、バスルーム、に……」

「ああ、待ってるよ」

似合わないウインクまでされて、碧は叫び出す寸前でバスルームに飛び込んだ。

……やっぱり嫌だ、嫌すぎる。どうしてこんなところに来てしまったんだろう……。

後悔《こうかい》してもしきれない。このまま権東に抱かれる自信がない。だけど……ここで我慢すれば、支店の融資《ゆうし》額は大幅《おおはば》なプラスに転じる。

「っ……やるしかないんだ……」

碧はノロノロと服を脱《ぬ》ぎ、シャワーブースに入ると、泣きたいような気持ちで身体の隅々《すみずみ》を洗った。

峻と寛人に触れられた場所を——ここも、ここも、今度は権東に触れられるのだ。それだけじゃない。二人に交互《こうご》に指で開かれたあの場所を、権東に暴《あば》かれ、好きにされてしまうのだ。う……碧、しっかりしろ……男だろ。

吐《は》き気で頭がクラクラしてくる。必死に自分を叱咤《しった》するが、心はポキリと折れる寸前だ。碧は酷《ひど》い緊張と不安に震えだした。

力の入らない手で身体を拭《ふ》き、備え付けのバスローブを纏《まと》う。その間も、身体がずっと震えているから時間がかかってしまう。

モタモタしていると、バスルームのドアをコンコン、とノックされてしまった。

「早くおいで。待ちくたびれたよ」

「……すみません」

自分らしくない、蚊《か》の鳴くような声で謝り、碧はとうとうバスルームを出た。

「これは……水も滴《したた》るイケメンだね」

近づいてきた権東が、大げさに手を広げて喜んでみせる。こんなに嬉《うれ》しくないイケメン扱《あつか》いは初めてだ。

その時、ピンポーンと、上品なドアチャイムの音が聞こえた。

「……ちょっと待ってなさい」

碧を抱き締めようとした権東が、つと離《はな》れる。ホッとして座り込みそうになる——が、これはチャンスかもしれないと、碧は素早《すばや》く頭を巡《めぐ》らせた。

……誰《だれ》か、社長に急用なのかもしれない。何でもいい、ここから逃《のが》れられるなら……。

急いでドアの方へ行き、様子を窺《うかが》う。

「何だ？　ちょっと待て」

権東がドアスコープを覗《のぞ》いてから慎重《しんちょう》にドアを開けると、廊下《ろうか》からホテルマンらしき人の声がした。

「ルームサービスをお持ちしました」

「ルームサービス？　そんなもん、頼《たの》んでないぞ」

「ですが……」

「知らん、知らん」

すぐにドアの閉まる音がする――希望が呆気《あっけ》なく打ち砕《くだ》かれる。

舌打ちをしながら戻ってきた権東を、碧は絶望に青ざめた顔で迎《むか》えた。

「何でもないよ、待たせたね。さ、行こう」

権東は満面の笑みで碧の肩《かた》を抱《だ》き、ベッドルームへと移動した。

「初めて見た時から、元気で可愛い子だと思っていたよ。気長に待った甲斐《かい》があった……こうして君を抱けるとは」

「あの……社長っ……」

「怖《こわ》いのか？　大丈夫《だいじょうぶ》、ちゃんとリードしてあげるから。そこへ寝《ね》て」

ベッドの上を指さされ、恐《おそ》る恐る横たわる。権東はそれを目を細めて見ていたが、やおら碧の上に覆《おお》い被《かぶ》さってきた。

「う……」

怖い。思わず顔をそむけ、指先はシーツに縋《すが》ってしまう。

「初心《うぶ》な反応だね。安心しなさい……男でも気持ちよくなるから」

嬉しそうに言った権東は、慣れた手つきで碧のバスローブの紐《ひも》を解《ほど》いた。それだけでビクッとして、碧は息を止めてしまう。

「堪《たま》らない……何て可愛いんだ。私が全部教えてあげよう」

「……やっ！」

バッ、とバスローブの前が開かれてしまう。隠《かく》す物がなくなって、煌々《こうこう》と照らされた照明の下、碧の身体はますます震《ふる》え始めた。

「い……やだ……」

泣きたい。峻に見られた時も、寛人に見られた時も、こんな風にガクガク震えたりしなかった。驚《おどろ》いたけれど、嫌《いや》だとは感じなかった。

だけど、権東には見られただけで怖気《おぞけ》が走る——この差はいったい何なんだろう。

子猫《こねこ》のように怯《おび》えきった碧を見て、権東は何を思ったか碧の手首を頭上に持ち上げ、バスローブの紐で縛《しば》り上げた。

「っ……社長！」

「若い子に本気で抵抗《ていこう》されたら、こっちが怪我《けが》するからね。これは保険だ」

ニヤリと笑って、碧の頬《ほお》、唇《くちびる》、そして乳首《ちくび》に指先で触れてくる。ヒクリと跳《は》ねた碧に満足げに頷《うなず》きながら、権東は見せつけるようにズボンの前を寛《くつろ》げた。

「綺麗《きれい》な身体だ。ゆっくり味わわせてもらうよ」

「！」

権東の指が、いきなり碧の性器に絡《から》みついた。

全身が鳥肌《とりはだ》立つ——襲《おそ》い来る嫌悪感《けんおかん》に、意識まで遠くなる。

「や……やめてくださ……っ」

「すぐに気持ちよくなる」

卑猥《ひわい》に指を動かしながら、権東の顔が迫《せま》ってくる。

……キス、される……！

戦慄《わなな》く唇に権東の湿《しめ》った息が降りかかり、碧の目尻《めじり》から涙《なみだ》が一筋、流れ落ちた——その時だった。

ピンポン、ピンポーン！

続けざまのドアチャイムに、権東が動きを止めた。ドンドンと、ドアを叩《たた》く音もする。

「クソッ……失敬なホテルだ！　フロントに連絡《れんらく》してやる！」

権東がベッドから降り、ズボンを持ち上げながら、大股《おおまた》でドアの方へ歩いて行く。碧はもう逃《に》げる気力すら失って、腕《うで》を縛られたまま呆然《ぼうぜん》と横たわっていた。

今更《いまさら》、足掻《あが》いたところで何になるだろう。大切な二人を失って、二人が愛してくれた自分を失ったら……碧にはもう何も残らない。あんなに誇《ほこ》りを持っていた仕事さえ、碧をここから助けてはくれないのだから。

……俺が、バカだったんだ。一番大切なものを自分から手放して。もう一度、昨日に戻《もど》りたい。峻と寛人のところに戻りたい……。

「いいかげんにしろ！　頼んでないと言ってるだろっ！」

怒声《どせい》と共に、勢いよくドアを開ける音。続いて、権東の「うわっ！」という悲鳴が聞こえた。

……え？

いくつかの不穏《ふおん》な物音。すぐにドアが閉まり、「やめろ」「助けてくれ」などと権東がわめく声が近づいてくる。

何か、ホテルとトラブルでもあったのだろうか——全く現実感がない。碧にとっては、今、この時間が終わってくれるなら何でもいい。

力の抜《ぬ》けてしまった身体で、碧が何とか起き上がろうとしていると、権東が黒ずくめの二人の男に連れられて戻ってきた。

「ひいっ！」

権東が、床《ゆか》に突《つ》き飛ばされて転がる。ズボンのファスナーを全開にした情けない姿を、容赦《ようしゃ》のないカメラのフラッシュが追う。

男たちは黒いスーツに黒いサングラスとマスクで顔を隠し、全く表情が見えない。

「な、何だ、お前たちは！」

「とある調査会社の者だ」

写真を撮《と》った方のサングラス男が、一歩前に出た。

「証拠《しょうこ》写真は頂いた。妻子に知らされたくなければ、このままお引き取り願いたい」

え……誰？

マスクのせいでくぐもっているけれど、どこかで聞いたことのある声色《こわいろ》だ。

と、もう一人、権東を突き飛ばした方のサングラス男が口を開いた。

「権東社長。あなたの数々の浮気《うわき》、セクハラについても我々は全《すべ》て把握《はあく》している。男も女もお盛んなことだ。家族だけじゃない、役員や社員たちが知ったら……」

「やめろ！　やめてくれ！」

権東が、顔面蒼白《そうはく》になる。余程《よほど》身に覚えがあるのだろう。

「今回は、証拠を押さえるだけにしておいてやる。二度とこんなことをしないと誓《ちか》え！」

「ひ……は、はい……」

腰《こし》でも抜かしたのか、権東はズボンをずり下ろしたまま、這《は》って逃げ出そうとしている。呆然とそれを見ている碧に気付いて、権東は情けないほど顔をクシャクシャにした。

「か、片平くんも、このことは口外するな。融資《ゆうし》は君のところで受けるから、だから……」

「いいから、行け！」

「ひぃ！」

つんのめりながら部屋を出て行く権東を一瞥《いちべつ》すると、男たちは、今度は碧の方へ向いた。

「大丈夫か？」

もしかして……助かったんだろうか？　でも、誰？　どうして知っている人みたいな感じがするんだろう……？

碧がまだ信じられなくて固まっていると、写真を撮った方の男にバスローブごと軽々と抱き上げられた。拘束《こうそく》された手首をチラリと見て、もう一人の方が苛立《いらだ》った声で「服は？」と尋ねる。

「バスルーム、に……」

男がバスルームに消えると、碧を抱き上げた男は踵《きびす》を返して歩き始めた。

廊下に出ると、すぐに後からもう一人が追いついてくる。無言で並んだ二人は背もほぼ同じ、息もぴったり――只者《ただもの》ではない雰囲気《ふんいき》だ。

エレベーターホールを挟《はさ》んで反対側の廊下まで歩き続けて、男たちはやっと足を止めた。

「ここだよ、あっちゃん」

……え？　今の……。

耳を疑った碧を連れて、男たちが部屋に入る。さっきと同じ間取りの部屋だ。真っ直《す》ぐにベッドルームへ向かい、大きなダブルベッドの上に碧を寝かせると……二人はおもむろにサングラスとマスクを外した。

マスクで隠れていた片耳のピアスが、キラリと光る。目を見開いた碧の前で、いつものクールな笑《え》みが露《あら》わになる。

「間に合わないかと思ったぜ。無事でよかった」

「しゅ……ん……?」

呆然とする碧の顔を覗《のぞ》き込み、さっきまで碧を抱《だ》いていた男が、眉《まゆ》を下げて優《やさ》しく笑う。

「俺たちが来たからには、もう安心だよ、あっちゃん」

「寛人……っ!」

嘘《うそ》……嘘っ! どうして……どうやって?

驚きと安堵《あんど》、喜びと戸惑《とまど》い。

いろんな感情が一度に押し寄せて、碧は軽くパニックになり、両手で顔を覆った。

「う……あっ……」

「あっちゃん……」

寛人の頼《たの》もしい手が、頭をソッと撫《な》でてくれる。

「心配いらないよ。もう誰《だれ》も、あっちゃんを傷付けないから」

「クソッ……アイツ、ボコボコに殴《なぐ》ってやればよかった」

峻が物騒《ぶっそう》なことを言って、部屋の奥へと歩いて行く。怒《いか》りが収まらないようで、窓ガラスを拳《こぶし》でドンと叩く音が聞こえた。

「泣くな、碧。あんなヤツに泣かされるな!」

「……」

峻の言葉に不思議なほど心が凪《な》いで、ソロソロと顔から手をどける。

心配そうに碧を見つめていた二人が、碧と目が合うとホッとしたように微笑《ほほえ》んで、ベッドに座り、今度は二人で笑い合う。

その瞬間《しゅんかん》、三人一緒《いっしょ》にいることの幸せに包まれて――碧はようやく言葉を発することができた。

「……ありがとう。お前たちが来てくれなかったら、俺、もう少しで……」

這い上がってきた悪寒《おかん》に、ブルリと身体《からだ》を震《ふる》わせる。思わずバスローブの前を握《にぎ》りしめると、その手に峻の手が重なった。

「ったく……一人で全部背負《せお》い込むなんて、イケメンすぎるよ、碧は」

「そんなんじゃ……」

「だって、そうだろ。俺たちが何も気付かなかったとでも？」

「……？」

視線を泳がせると、今度は寛人が楽しそうに笑って、碧の頬に触《ふ》れてきた。

「あっちゃん、俺たちのこと見くびりすぎ。俺たちがどんなにあっちゃんのことが好きか、まだわかってないでしょ」

どういうことだろう。二人は、何に気付いていたというのだろう。

「また身体に教えてやりたいところだけど……どうする？」

峻が、ニヤリと笑って立ち上がった。

五

ガラス張りのシャワーブースは、男三人にはさすがに狭《せま》すぎた。

「寛人、出ろよ。邪魔《じゃま》だ」

「峻が出ろ。俺があっちゃんを綺麗《きれい》にする」

「だからっ……俺、一人で洗える、からっ……」

「「ダメ」」

甘いテノールのユニゾンが、碧に何度目かのダメ出しをする。

そして泡《あわ》だらけの四本の手が、再び競争のように、碧の身体を行き来し始めた。

「あっ……ん、やめっ……」

もどかしい刺激《しげき》が、上から下へ、下から上へ……時に円を描《えが》くように肌《はだ》を滑《すべ》る。愛《いと》しい二人に全身くまなく洗われ、カメリアの香《かお》りのボディソープにも官能を掻《か》き立てられて、碧は感じすぎて息も絶え絶えだ。

「碧。あのエロ社長、どこに触《さわ》った?」

峻が苦々しい声で聞く。

「どこ、って……」

「消毒してやる。ここ？　ここ？」

「あっ……違《ちが》っ……」

「じゃあ……ここ？」

「あぁっ！」

峻に、クチュッと泡ごと握り込まれて仰《の》け反ると、背後から寛人に抱き締《だし》められる。

峻も寛人も、もちろん碧も全裸《ぜんら》だ。逞《たくま》しい胸板《むないた》に背中を預けると寛人の昂《たか》ぶりが尻《しり》に当たり、堪《たま》らない気分になる。みっちりと充実《じゅうじつ》したそれは、太さは碧と同じくらいだが長さが……半端《はんぱ》ないのだ。頭一つ分くらいは違《ちが》うかもしれない、と碧は心の中で素直《すなお》に負けを認めた。

「あっちゃん、キスはされなかった？」

泡で隠《かく》れているのをいいことに、寛人が腰を更《さら》に押しつけながら聞いてくる。

「もうちょっとで……されそ……」

「一応、消毒しておこうか」

「んん……！」

真面目《まじめ》に答えた自分がバカだったと思うほど、呆気《あっけ》なく唇《くちびる》が奪《うば》われる。後ろから顎《あご》を持ち上げられているので自然と歯列が開いてしまい、寛人の舌はその上品な顔立ちを裏切る強引《ごういん》さで、碧の口蓋《こうがい》を抉《えぐ》った。

「あふ……っ……ん……」

「あっちゃん……」

寛人のそれが、グンと硬度《こうど》を増したのがわかる。双丘《そうきゅう》の狭間《はざま》で突《つ》き上げるようにされ、以前、指で奥まで感じさせられたことを思い出して、興奮して……それが峻にも伝わってしまう。

「好き勝手するなよ、寛人。せっかく綺麗にしてるのに、碧が汚《よご》すだろ」

峻が笑って、碧をますます赤面させた。

「しゅ、ん……」

「何？　もうイきたい？」

「峻、は……？」

正面から瞳《ひとみ》を覗き込まれて、続く言葉が消え入りそうになる。

今までいつも自分だけイかされていたけれど……今日は一緒がいい。三人一緒がいい。

「一緒……に……」

「碧の誘《さそ》いは、断れないな」

峻が、ソッと唇を重ねてくる。と、碧自身に峻のものも重ねてきて……自分との太さの違いに、碧はギョッとして腰《こし》を引いた。

「……ビビった？」

「だ、誰がっ！」

「長さは寛人だけど、太さは俺だ。どっちが好み？」

「バッ……」

バカ、と言うつもりが、峻の手が緩《ゆる》やかに動き出して、腰が蕩《とろ》けそうに感じてしまい……碧は我を忘れて、峻の肩《かた》にしがみついた。


二人がかりで身体を『消毒』された碧は、火照《ほて》った肌を新しいバスローブに包まれて、ダブルベッドの真ん中に寝《ね》かされていた。

寛人が甲斐甲斐《かいがい》しく水を飲ませてくれ、峻はさっき持ってきた碧の服と持ち物が、無事かどうかを確認《かくにん》してくれている。

シャワールームで散々いやらしいことをされて忘れるところだったが――二人はもちろん、偶然《ぐうぜん》ここへきたのではなかった。

「俺、あっちゃんが『しばらく一人にしてくれ』って言った時、おかしいと思ったんだ」

寛人が、新しいミネラルウォーターのボトルを冷蔵庫から取り出しながら、そう言った。

「勘《かん》、だったけど。あっちゃんが何かに怯《おび》えてるような気がして」

「いや、寛人の『あっちゃんアンテナ』は相当なモンだよ」

峻が、珍《めず》しく感心している。曰《いわ》く、寛人には碧のピンチを察する特別なアンテナがあるらしい。ほとんど超能力《ちょうのうりょく》レベルらしい。

碧が引き攣《つ》った笑《え》みを浮《う》かべていると、寛人が碧の右側に座りながら嬉《うれ》しそうに続ける。

「すぐに、あっちゃんの支店に探《さぐ》りを入れた。最初は知り合いの知り合いの知り合い、くらいのってを頼《たよ》って。でも俺、人と仲良くなるの得意だから、本部であっちゃんの支店のエリア統《とう》括《かつ》やってる人と仲良くなれたんだ」

「なっ……何でだよ!?」

碧は、腰が立たないのも忘れて飛び起きそうになった。

本部のエリア統括といえば、銀行の中枢《ちゅうすう》だ。名前も知らないし、支店長以外は言葉を交《か》わすことすらないが、支店の人事・昇格《しょうかく》の全《すべ》てを握っている超《ちょう》重要人物だ。

「何でかな。一緒に飲んだら、お前面白《おもしろ》いな、って褒《ほ》めてくれたよ」

ニコニコと答える寛人に、「空恐《そらおそ》ろしいヤツだ」と峻が呟《つぶや》いている。確かに、そんな新人がいたら敵に回したくない。

「で、あっちゃんが融資《ゆうし》増強キャンペーンで苦戦していることを知った。あっちゃんの担当先の情報も集めたから、仲のいい社長さんが入院したことも……リカバリーが難しいことも」

「知ってたのか……」

隠していたつもりだったのに、と嘆息《たんそく》する。確かに寛人のアンテナは常人離《ばな》れしているようだ——情報網《じょうほうもう》も凄《すご》い。支店からは決して漏《も》れない情報ばかりだ。

「そこからは俺の出番だった」

今度は、峻が不敵な笑みを浮かべて碧の左側に座った。

「寛人が話を持ちかけてきた時、すぐにあのエロ社長のことを思い出した。会社のことを調べ上げた上で、偶然を装って秘書の女の子をナンパした」

「ナンパ⁉」

いつも権東に付き従っている、あの女性秘書を思い出す。美人でスタイルがよくて――碧からしたら高嶺《たかね》の花すぎて、迂闊《うかつ》にお近づきにもなれないタイプだ。

「そ、それで……？」

「上手《うま》くいって、そのまま秘書室と合コンだ。もちろん、身元を隠して」

「俺も行ったよ」

「寛人までっ⁉」

一瞬《いっしゅん》、羨《うらや》ましすぎて目眩《めまい》がしたが、大事なのはそこじゃないのだと気を取り直す。

「それで……何を……」

「社長がバイセクシャルのエロオヤジだってことは、すぐにわかった。融資の件は、秘書の子はさすがに口を割らなかったけど、碧が何度も来ていたことは話してくれた。社長に気に入られて困っているらしい、もしかしたら迫《せま》られてるかも、って同情してたぞ」

「……」

「そこに、碧の『忘れてくれ』発言だよ」

「……」

「どうして早く相談しなかった？」

「どうして？　あっちゃん？」

両側からたたみかけられて、完全に言葉に詰《つ》まってしまう。

一人で何とかしようと思った。だから、二人に別れまで告げたのだ。

だけど……二人にしてみたら、碧の状況《じょうきょう》がわかっているだけに悔《くや》しかったのかもしれない。

頼ってくれない寂《さみ》しさを感じたのかもしれない。もし、自分が逆の立場だったら……きっとそう思うだろうから。

「ごめ……ん……」

シン、とした部屋に、峻と寛人のため息が浮かぶ。

「……あっちゃんを謝らせたいわけじゃないよ」

寛人が手を伸《の》ばして、碧の前髪《まえがみ》に触《ふ》れた。一つ一つ、言葉を選ぶように言う。

「今後、また同じ事があったら……俺も峻も自分が許せないと思う。だから、これからは何かあったらちゃんと相談して欲しいんだ」

「……うん」

神妙《しんみょう》に頷《うなず》く碧に、寛人が悪戯《いたずら》っぽく表情を変える。

「そうそう、『忘れてくれ』なんて嘘《うそ》だって、俺はその場でわかったよ?」

「え!?」

「俺のアンテナ、侮《あなど》ってもらっちゃ困るなぁ」

「だって……あの時、お前、泣きそうで……」

「あれは、あっちゃんに嘘をつかせてることが辛《つら》かったんだよ。あっちゃんの本当の気持ちを思ったら、泣きそうになった」

……そこまでお見通しだったとは……。

確かに上手い嘘ではなかったけれど、まさか、寛人が見抜《みぬ》いていたなんて。

「……俺はまだ未熟だな。一瞬、騙《だま》されたから」

峻は悔しそうに言って、「でも」と続けた。

「念のため、社長のスケジュールに探《さぐ》りを入れておいて正解だった。今日、このホテルのロビーで俺が見張ってたの、わかった？」

「あ……そういえば、誰《だれ》かに見られてる感じが」

その時のことを思い出して、碧はハッとした。人は多いし、緊張《きんちょう》していたし、気のせいだと思っていたけれど……やはりどこからか峻の視線を感じていたのだ。

「碧がロビーに現れた時、絶対に助けようと思った。そこへ寛人が……碧を尾行《びこう》していたんだよな？」

「峻を出し抜《ぬ》いて、一人であっちゃんを助けるつもりだったんだけどなぁ」

のんびりと笑う寛人からは、そんな気合いがあったなんて、とても感じられない。だが、峻も負けじと唇《くちびる》を尖《とが》らせる。

「それは、こっちの台詞《せりふ》だ。でもまあ、今日は別々に行動していたのに、お互《たが》い碧に関する勘は冴《さ》えまくっていて、よかった」

「うん。尾行して、部屋を特定して、すぐに同じフロアのこの部屋を押さえて……近くの店でスーツとサングラスとマスクを買って」

「スーツまで？」

碧がびっくりすると、寛人がクスクス笑う。

「峻が、念には念を入れよう、って」

「万が一、俺たちから足がついたら、碧にも蒲田支店にも迷惑《めいわく》がかかる。この救出が、うちの銀行と無関係だってことを徹底《てってい》したかった」

「あとは、俺が考えたシナリオ通り。ルームサービスの前振《まえふ》り、いいアイデアだったでしょ？」

即興《そっきょう》ながら、完璧《かんぺき》すぎる救出劇――この二人ならでは、だろう。碧は本当にギリギリだったことを思い出して、もう一度大きなため息をついた。

「……お前らがいてくれて、よかった……」

「でしょ？」

「だろ？」

三人で顔を見合わせ、クスクスと笑う。

ひとしきり笑った後、寛人が碧の右側に寝《ね》そべって、指先で頬《ほお》をチョン、とつついてきた。

「今日は、もうゆっくり休んで。峻のことは俺が見張ってるから、安心して眠《ねむ》っていいよ」

「寛人……」

「何度振《ふ》り出しに戻《もど》ってもいい。俺はあっちゃんの傍《そば》にいられれば、それで」

穏《おだ》やかな愛情に包まれて、心も身体《からだ》も安らいでくる。寛人の傍にいるとこんなに幸せなのだと、思い知らされる。

するとと左側にいた峻が手を伸ばして、碧のまだ濡《ぬ》れている髪《かみ》をかき上げた。

「人聞きが悪いな。俺だって、今日はもう何もしない」

「峻……」

「碧が、無事に俺たちのところに帰ってきた。それだけで充分《じゅうぶん》だろ」

峻にこんな甘やかすような視線を注がれるのは、慣れていなくて……それだけで心臓が張り裂《さ》けそうにドキドキしてしまって。

……やっぱり、二人とも好きだ。大好きだ。もう、自分の気持ちに嘘はつけない……！

碧は、一大決心とともに口を開いた。

「……聞いてくれ」

両手を伸ばし、寛人と峻の手をそれぞれ握《にぎ》る。二人も大事な話だとわかっているのだろう、無言だ。

「俺……寛人が好きだ。でも、峻も好きだ。信じられないかもしれないけど、二人に、別々に恋《こい》をした……みたいだ」

寛人の顔を見ると、「知っていたよ」というように微笑《ほほえ》んでいる。峻はというと、少し不満そうな表情だ。

「……二人のうちの一人なんて、選べなかった。選べないなら、男らしく両方から離《はな》れるべきだと思ったんだ。でも……他《ほか》の男に犯《おか》されそうになってわかった」

小さく身震《みぶる》いしたのが伝わったのか、手をギュッと握られる——寛人にも、峻にも。二人と繋《つな》がっていることに大きな力をもらって、碧は続けた。

「俺はもう、寛人と峻じゃなくちゃダメなんだ。他の誰かなんて論外だし、どっちか一人と離れるなんて耐《た》えられない。二人と、ずっと一緒《いっしょ》にいたい。だから俺は……」

繋いだ手を、強く、強く握り返して。

「俺は……二人の彼氏になりたい……！」

目を瞑《つむ》り、心から祈《いの》る。

精一杯《せいいっぱい》のこの告白が、どうか二人に届きますように……。

だが、返ってくるのは沈黙《ちんもく》だけだ。

……やっぱりダメか。二人とも欲しいなんて、普通《ふつう》、そんな我が儘《まま》は許されないよな。間違《まちが》ってるよな……。

目頭《めがしら》がジワッと熱くなってくる。今度こそ二人と別れることになるのかと、真っ暗な底なしの穴に放《ほう》り込まれたような気分で……。

と、沈黙の中から、小さな笑い声が聞こえてきた。

……え？

恐《おそ》る恐る目を開けると、笑っている。峻も、寛人も、可笑《おか》しそうに笑っている。

「え……ええっ？」

「選べないなんて、碧らしいな」

峻がベッドの上で俯《うつぶ》せになり、握った手の指同士を絡《から》ませながら言った。

「俺だけじゃない、っていうのは癪《しゃく》だけど、相手が寛人なら仕方がない。碧を想《おも》う気持ちも、守る力も……俺に匹敵《ひってき》するのは寛人だけだ」

「俺も、悔しいけど峻なら納得《なっとく》。あっちゃんが選べないっていうのも、わかる気がするよ」

寛人もそう言って、碧の手を持ち上げて自分の頰にすり寄せた。

「そんなあっちゃんが……俺は好きだよ」

「……本当、か？」

自分で言っておいて、まだ信じられない気持ちだ。

二人を同時に求めて——二人が同時に応《こた》えてくれるなんて。

「俺……選ばなくていいのか？」

寛人に聞くと、

「いいよ、あっちゃんはそのままで」

と、笑われる。

「もう喧嘩《けんか》しない？　仲良くしてくれるか？」

峻に聞くと、

「仲良くって、こう？」

と、峻が碧の上に乗り出して、寛人にキスしようとする。

「えっ……？　ダ、ダメ！　それはダメだっ！」

慌《あわ》てて起き上がって間に入ると、峻が転がって笑い出した。

「するわけないだろ？　碧は欲張《よくば》りだなあ」

ハ……ハメられた……？

顔を真っ赤にする碧に、寛人が囁《ささや》く。

「あっちゃん、俺も峻も独占《どくせん》したいんだ？　やっぱり、可愛《かわい》いね」

「可愛い、言うなっ……んんっ！」

峻が、そして息つく間もなく寛人が口付けてくる。愛《いと》しい腕《うで》たちが、何かを思い出したようにせわしく動き出す。

「前言撤回《てっかい》」

峻が言いながら、碧のバスローブの紐《ひも》を解《ほど》いた。

「碧……今夜は寝かさない」

寛人が笑って、明かりを小さくする。

ベッドの上の三人は、互いに溺《おぼ》れるようにシーツに沈《しず》んだ。

「ん、んっ……ふ……」

「上手だ、碧」

「こっちも上手だよ……熱くて柔《やわ》らかい」

「んっ……」

仰向《あおむ》けになった峻の上に、碧が頭の方向を逆にして伏《ふ》せ、互いを口で愛撫《あいぶ》している——いわゆるシックスナインの姿勢。更《さら》に碧の後ろには寛人が跪《ひざまず》いていて、碧の尻《しり》を優《やさ》しく撫《な》で回しながら、後孔《こうこう》を指で根気よく解《ほぐ》している。

自分も二人を愛したい、と言い出したのは碧だ。いつもイかされるばかりだから、今日は自分も二人を気持ちよくしたかった。

やり方はよくわからないけれど……峻の動きをなぞるように必死で舌を使っていると、僅《わず》かに青い苦みが口の中に広がってくる。

……峻、感じてくれてる……？

嬉《うれ》しくなって、俄然《がぜん》張り切る。だけど碧自身も峻にフェラされながら、寛人の指に貫《つらぬ》かれている状態だから、身体が快感に押し流されてしまってなかなか言うことを聞かない。

「っふぅっ……ん……」

口がなおざりになってしまって声が漏《も》れると、峻がここぞとばかりに強く吸ってくる——巧《たく》みな強弱に翻弄《ほんろう》され、腰《こし》がガクガクと震《ふる》えてしまう。やっぱり峻は意地悪だ。

「あっちゃんのここ……時々、キュッ、ってなるね」

「……ん、やっ……」

寛人の指はもう三本に増えていて、抜《ぬ》き差しのたびにいやらしい音を立てている。耳からも犯されている感じがして、堪《たま》らない。

　さっき、バスルームに備え付けられていたカメリアの香《かお》りのボディクリームをたっぷりと使って、丁寧《ていねい》すぎるくらい丁寧に中を濡らされた。一度あの快感を覚えてしまった碧は、感じる場所を擦《こす》られるたびに腰を波打たせ、先走りを漏らし……二人の息の合った愛撫に翻弄されて、もう腰が立たなくなってきている。

「あ、うっ……ぅ……」

「もういいよ、碧」

　身体を軽く持ち上げられ、口いっぱいに頬張《ほおば》っていた峻の欲望《よくぼう》が、弾《はず》むように出て行った。

「あっ……」

　両手両膝《りょうひざ》をついた格好で、離れていく峻を名残惜《なごりお》しく見送る。シャワーで触《ふ》れた時より更に太く感じたそれは逞《たくま》しく息づいていて、まだまだイきそうにない。だけど峻は、

「気持ちよかった。ありがとう」

　と嬉しそうに言って、碧に口付けてきた。

「ん……」

　さっきまで峻自身を愛撫していた唇《くちびる》が、峻に中まで舐《な》め取られていく。酷《ひど》く倒錯《とうさく》的な気分になって身を捩《よじ》ると、後ろの寛人が「そろそろかな」と呟《つぶや》く。

「あっちゃん……いくよ」

「寛人っ……」

　後ろを振《ふ》り返ると、寛人が微笑んでキスをくれる。同時に、熱いものが解れた後孔にあてが

われて……寛人がゆっくりと中を進んできた。

「あ……っ……あ……」

「痛くない？」

「痛く……な、いっ……」

本当に、驚《おどろ》くほど痛みはない。だけど本来閉じられた場所をこじ開けられる違和感《いわかん》は予想以上だ。小さな息を繰《く》り返して、碧は何とか力を抜こうとする。

……もうちょっと、だっ……頑張《がんば》れ、俺。寛人と初めて繋がるんだから……俺も寛人を気持ちよくしたい……！

「碧、偉《えら》いな」

唇を峻にあやされて少し気が紛《まぎ》れ、その間にまた寛人が奥へ進んできて――あの場所を鋭《するど》いエッジが掠《かす》めた途端《とたん》、碧はビクン、と身体《からだ》を反らせた。

「あぁっ……！」

「あっちゃんの中、ヤバイ……熱くて蕩《とろ》けそうだ」

掠れた声で囁いて、寛人のそれがグンと育つ。ただでさえ長尺なのに、どれだけ奥まで届いてしまうのか……考えただけでまた碧の中がキュンと締《し》まる。

「エロい顔して……。気持ちよさそうだな、碧」

「ん、っ……あ、やあぁっ！」

身体を反らしたせいで、いつの間にか峻に乳首《ちくび》を見せつける格好になっている。舌でレロリと舐め上げられ、悲鳴を上げて痙攣《けいれん》すると、揺《ゆ》れる尻を押さえつけて寛人が更に奥へ、奥へと碧を犯《おか》す。

「あ……あっ！　ひろっ……峻っ……ああっ！」

胸への連続した刺激《しげき》と同時に、とうとう最奥を突《つ》き上げられる。指でされた時とは比べものにならない快感に打ち抜かれ、一瞬《いっしゅん》気が遠くなったところで――寛人がゆっくりと抽挿《ちゅうそう》を始めた。

「あ……寛人っ……あ……！　やぁっ……っあ！」

自分でも触れたことのないところを寛人の灼熱《しゃくねつ》に満たされたまま、敏感《びんかん》な場所を狙《ねら》って擦り上げられる。同時に峻にも乳首を貪《むさぼ》られ、もうどこが感じているかわからない。ただ、この熱を早くぶちまけたくて、気が狂《くる》いそうだ。

……おかしく……なるっ……も、ダメ……。

「あっちゃん……あっちゃん」

切実な声に気付いて、必死に振り返ると、寛人が腰を激しく使いながら、碧の顔に手を伸《の》ばしていた。

「ひ……ろと……」

「笑って、あっちゃん……笑って」

滲《にじ》む視界の中、寛人の甘い笑顔《えがお》が揺れる。思わず、碧も頬《ほお》を緩《ゆる》め……峻の唇を胸に纏《まと》わり付かせたまま、寛人に口づけを強請《ねだ》った。

「寛人っ……ん……っ」

身体の奥深くで繫《つな》がり、唇で繫がる。もうこれ以上、寛人と繫がる場所はないのかと物狂《ものぐる》おしい気持ちになる。

「あっちゃん……愛してる」

「俺、もっ……寛人っ……」

甘い睦言《むつごと》を舌の上で交換《こうかん》し、深々と貫かれながら、碧はフワリと身体が浮《う》き上がるように感じた。

「っ……あぁぁっ！」

「くっ……」

荒々《あらあら》しい突き上げが碧を貪り、碧の身体を真っ直《す》ぐ高みへと打ち上げる。

射精感が追いつかないほどの快感に身体が大きく一度痙攣し、その後、不規則な波が次々と襲《おそ》いかかってきて——碧は掠れた声を上げて、目の前の峻の胸にしなだれかかった。

「は……っ……はぁっ……」

ぐったりと弛緩《しかん》した碧の身体を、峻が正面から抱《だ》き締める。

「碧、凄《すご》いな。射精なしでイった」

「え……？」

「寛人のアレ、そんなに良かったんだ？」

意味深に笑われて、頬にブワワッと血が上った。

「えっ、そんな……ええっ？」

「あっちゃん、最高だよ……」

トサッ、と背中に寛人が重なってくる。汗《あせ》ばんだ肌《はだ》が触れ合い、今の今まで繋がっていたのを実感して、何だかホッとする。腰のあたりが温かく濡《ぬ》れた感じがするのは、寛人が碧の身体を気遣《きづか》ってくれたからなのだろう。

「あっちゃんの身体、麻薬《まやく》みたい……麻薬はやったことないけど」

「それは楽しみだ」

「あ、俺がヴァージンもらったから、中出しは遠慮《えんりょ》しといたよ。峻に譲《ゆず》る」

「サンキュ」

自分の頭上で交《か》わされる会話に驚いて、碧は、

「な、何っ？」

と、顔を上げた。

「中出しとか……譲るとか？」

「そういうこと。男の友情だよ」

寛人が、碧の身体を優しくティッシュで拭《ぬぐ》いながら笑っている。

えっ、と聞き返す間もなく、碧は身体をクルリと反転させられた。

「散々やられたから、すぐにでも大丈夫《だいじょうぶ》だな？」

「峻……？　あ、ああっ！」

後ろ向きの姿勢で、座った峻の上に持ち上げられる。まさか、でも、と戸惑《とまど》っている内に、まだ余韻《よいん》にひくついている場所に硬《かた》く滾《たぎ》ったものが当てられ、碧は悲鳴を上げた。

「ちょっ……無理っ！」

「俺が無理だ。もう、一秒だって我慢《がまん》できない」

耳元にざらつく低い声で囁《ささや》かれて、ゾクリとする。発情した牡《おす》の持つ色気が峻から濃《こ》く匂《にお》い立ち、頭までクラクラして。

「あぁ……あ、いやぁぁ！」

そそり立つ欲望の上に後孔《こうこう》から落とされ、一気に最奥まで射貫《いぬ》かれて——碧は瞼《まぶた》の裏がチカチカした。

「は、あぁ！　……あっ！」

休む間もなく、跳《は》ね上げるような獰猛《どうもう》な突き上げに揺さぶられる。さっき寛人に淫《みだ》らに変えられてしまったその場所は、もっと、もっとというように峻を貪欲《どんよく》に飲み込んでいる。

「碧の中、グチュグチュだ……」

「い、やだっ……」

「嫌《いや》じゃないだろ？　俺を締め付けて離《はな》さないんだけど」

言いながら、峻は無防備な碧の乳首にも手を伸ばした。指先で弄《いじ》りながら突き上げに強弱や回転を加え、碧の身体を愉《たの》しむように掻《か》き混ぜる。

「はあ、っ……あ、ぁ……」

「碧……やっと俺のものになった」

「ぁ、あぁっ……や……」

「寛人を忘れるくらい、してやる」

身体の中が——最奥から全部、峻に塗《ぬ》り替《か》えられていくようだ。

二人に同時に愛されることの意味を、文字通り身体《からだ》に刻み込まれる。

競争するように穿《うが》たれ、感じさせられて……峻を、寛人を、ますます好きになっていく。

「あっちゃん……峻に挿《い》れられるのもいいんだ？」

「うぁ……ああ……」

「クソッ……気持ちよさそうなあっちゃん見てると……」

堪《たま》らない、と呟いて、寛人が碧の薄《うす》い茂《しげ》みに触《ふ》れ、顔を伏《ふ》せた。

「やぁっ！　やめ……っ……ひろっ……」

さっき射精をのがしてしまった分、酷《ひど》く敏感になっている性器が、寛人の口内に攫《さら》われる。

それだけで、全身が震《ふる》えるほどの快感に押し流されそうになり、目を閉じる——もう絶頂が近い。

「寛人っ……峻……しゅ、ん……」

「碧……泣けよ。俺のために」

傲慢《ごうまん》な、でもどこまでも真摯《しんし》なその願いを、碧はずっと待っていたような気がする。快感に支配されて自由にならない身体で、首だけコクコクと頷《うなず》く。

「寛人、どいてくれ。碧の顔が見たい」

「うん」

今にも弾《はじ》けそうな性器から、寛人が離れる。

峻は繋がったまま、碧の腰《こし》をしっかりと支えて、グルリと向きを変えさせた。

「ん、ぁあ……」

濡れた繋がりが違《ちが》う角度で擦《こす》れて、喘《あえ》ぎ声が漏《も》れる。そのまま背中を寛人の胸に凭《もた》れさせられ……碧はホッとして目を開けた。

「碧……顔、よく見せろ」

顔を上げると、正面には峻のクールな微笑《ほほえ》み。碧は、向かい合って座った二人の間に挟《はさ》まれた格好だ。寛人の指が碧を癒《い》やすように乳首《ちくび》を撫《な》でていて、その安心感に包まれながら、真っ直ぐに峻を見上げて……碧は峻と深く繋がった場所が震えるような感覚に酔《よ》った。

「峻……好きだ」

「俺も愛してる……碧だけを」

言葉で確かめ合うと、自然と涙《なみだ》が溢《あふ》れてくる。

この身体は、この瞬間《しゅんかん》は——髪《かみ》の毛の先まで峻だけのものだ。

峻は満足そうにもう一度「愛してる」と囁くと、碧の涙を唇《くちびる》で吸い取り、最後のスパートに入った。

猛々《たけだけ》しいリズムで刻まれるたびに、清らかな涙が飛び散る。峻に頼《たの》まれたせいか、限界を超《こ》えた快感のせいか、もう碧にもわからない。

……二人に愛されて、二人を愛することが、こんなにも幸せだなんて。ありがとう、峻。ありがとう、寛人……。

泣きながら微笑んだ碧の唇に、峻のキスが、寛人のキスが交互《こうご》に降ってくる。

ありがとう、と言葉にしたかもしれないし、できなかったかもしれない。だけど二人にそれはちゃんと伝わったみたいで――碧が熱い白濁《はくだく》を放つとともに、峻は引きちぎれそうなほど強く、碧を抱き締《し》めてくれた。

「あぁぁっ！」

「く……っ……」

ドクン、と峻の灼熱《しゃくねつ》が弾ける。碧の中、奥深いところで放たれたそれは、碧の涙にお返しをするように、何度も何度も注がれたのだった。


「で？　どっちがよかった？」

やっぱり聞いてきたのは、峻だった。

意地悪め……と心の中で言うけれど、口に出す元気はない。

事後、何やら大変なことになってしまった碧の身体やシーツを綺麗《きれい》にしてくれたのは、寛人だ。峻は「スッキリしたら腹が減った」と言って、ホテルの外に買い出しに行き、ツマミやビールを大量に買ってきた。

さっぱりした身体で三人並んで横たわり、ポツポツと話をしたり、軽く飲んだり。

不思議な安心感の中で、碧などウトウトし始めた時だったから、峻の質問に軽くムッとしたくらいだ。

「どっち？　あっちゃん」

「寛人まで……。どっちもよかったから、大丈夫」

「本当？」

素直《すなお》な寛人は嬉《うれ》しそうな顔をしているが、峻は人を食ったような笑《え》みを浮《う》かべている。

「碧は欲張《よくば》りだからな。その内、寛人はこう、俺はこう、って指導し始めるかも」

「そっか。教え上手だしね」

「なっ……そんなことするか！」

サッと赤くなった碧に、二人がじゃれるようにキスをしてくる。縺《もつ》れ合って、転がって……

何だか、また昔に戻《もど》ったみたいで。

しばらくゴロゴロした三人は、また息を整えながら天井《てんじょう》を見上げた。

「俺……やっぱり、このまま寮《りょう》にいたいな……」

「そうだ。退寮届《たいりょう》、出したんだったな」

焦《あせ》った声の峻に、碧は神妙《しんみょう》に頷いた。

「ああ。二人とはもう会えないと思ってたし」

「撤回《てっかい》できないのか？　俺たちは、あと一年は寮を出られない規則だし」

「ちょっと待って」

その時、寛人が何かを思いついたらしく目を輝《かがや》かせた。

「あっちゃんがどこかにマンション借りたら、俺たち、泊《と》まりに行けるよね？　寮でいちゃいちゃするのって、ちょっとヤバイだろうし、その方がよくないかな」

「……そうだな」

峻も、目をキラリと光らせた。

「防音壁《ぼうおんへき》完備のマンションだ。キングサイズのベッドを置いて」

「ちょ……勝手に」

「三人で入れる、大きなお風呂《ふろ》があるといいね」

「俺たちのクローゼットも置いて、いつでも泊まれるようにしておこう」

「一緒《いっしょ》に料理したり、散歩したりしたいね、あっちゃん」

「……」

聞いているうちに、碧もだんだんそれがいいのではないかと思い始めた。

……確かに、寮だといつも一緒だけど、Hとか……無理だろ。二人は新人だから、当分退寮はできないし。俺が一人暮らしか……それもいいかもしれない。よし！

碧は勢いよく起き上がり、自分の胸をドンと叩《たた》いた。

「任せとけ。俺がいいところ借りてやる」

「さすが碧。やることがイケメンだ」

「ありがとう、あっちゃん！」

二人に喜ばれると、素直に嬉しい。何だかんだ言っても、二人とも年下なのだ……これからも自分が何かと面倒《めんどう》を見てやらなくては、と思う。

「まあね。お前らの彼氏たるもの、このくらいの甲斐性《かいしょう》がないと」

「よし、じゃあ、碧の新居に乾杯《かんぱい》だ」

「「乾杯！」」

缶《かん》ビールを、勢いよくぶつけ合いながら。

碧は二人の彼氏になったことを、心から誇《ほこ》らしく思うのだった。

おわり

あとがき

初めまして、またはお久しぶりです。海原透子です。

このたびは『鬼畜とワンコ』をお手に取って下さり、ありがとうございました。

この本は、私の初めてのさんぴぃ本です。数字の3にアルファベットのPで、さんぴぃです。ええと何が言いたいかというと、文字にするとちょっと恥《は》ずかしいという（笑）。

実はずっと、王道ラブ好きな自分には、3P（←あっ）なんてオトナなものは書けないんじゃないか？　と思っていました。でも、思い切って書き始めると予想以上に楽しくて……新たな萌《も》えの扉《とびら》が開いてしまいました。

ダブル年下攻が、こんなに美味《おい》しいものだったとは！　クール鬼畜《きちく》とワンコ王子が、互《たが》いに競争しながら、戸惑《とまど》う受を攻《せ》めまくる——これは自分的に萌えど真ん中でした。

更《さら》に、ワンコはさり気なく受の『初めて』を奪《うば》い尽《つ》くす頭脳派だし、鬼畜は受に頭が上がらない可愛《かわい》さも持ち合わせています。そんな二人に愛される受は、女子モテ目指して健気《けなげ》に頑張《がんば》っているのに、世話好きな性格が災《わざわ》いして二人を放《ほう》っておけず、少しずつ甘く蕩《とろ》かされ、ついに……。

と、さんぴぃですが着地はエロスよりもラブ寄りだったような。それもありかな、とご容赦《ようしゃ》頂ければ……少しでも楽しんで頂ければ嬉《うれ》しいです。


では、改めてお礼を。

宝井さき先生。三人を理想以上に可愛く&格好よく描《えが》いて下さってありがとうございました。イラストを拝見して、自分の書いたキャラなのに涎《よだれ》を垂らしそうになりました……幸せです！

担当さま、編集部の皆《みな》さま。プロット段階からたくさんのアドバイスを頂き、本当にお世話になりました。今回もタイトルで迷ってすみませんでした……。

最後に、大切な読者さま。

この『鬼畜とワンコ』は、私の十冊目の本になります。どの本も、私にとって初めての本であり最後の本——そんなつもりで書いてきました。事実、いつも崖《がけ》っぷちですし（↑真顔で）。そんなささやかな積み重ねの十冊目を、こうして最後まで読んで頂いて、心から感謝しています。本当に本当にありがとうございました！

では、またいつかお会い出来ることを願って。

二〇一二年十一月吉日《きちじつ》　海原透子

鬼畜《きちく》とワンコ
海原透子《うみはらとうこ》

角川ルビー文庫　R 151-2　17754

平成25年1月1日　初版発行

発行者――井上伸一郎
発行所――株式会社角川書店
東京都千代田区富士見2-13-3
電話/編集(03)3238-8697
〒102-8078
発売元――株式会社角川グループパブリッシング
東京都千代田区富士見2-13-3
電話/営業(03)3238-8521
〒102-8177
http://www.kadokawa.co.jp
印刷所――暁印刷　製本所――BBC
装幀者――鈴木洋介

落丁・乱丁本は、送料小社負担にて、お取り替えいたします。角川グループ読者係までご連絡ください。(古書店で購入したものについては、お取り替えできません)
電話 049-259-1100 (9:00～17:00/土日、祝日、年末年始を除く)
〒354-0041　埼玉県入間郡三芳町藤久保550-1

ISBN978-4-04-100677-1　C0193　定価はカバーに明記してあります。

KADOKAWA RUBY BUNKO

角川ルビー文庫

いつも「ルビー文庫」を
ご愛読いただきありがとうございます。
今回の作品はいかがでしたか？
ぜひ、ご感想をお寄せください。

〈ファンレターのあて先〉

〒102-8078 東京都千代田区富士見 1-8-19
角川書店 ルビー文庫編集部気付
「海原透子先生」係